Michelle Conder
Tras el escándalo

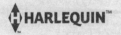

Editado por HARLEQUIN IBÉRICA, S.A.
Núñez de Balboa, 56
28001 Madrid

I.S.B.N.: 978-84-687-0891-1
Depósito legal: M-29249-2012
Editor responsable: Luis Pugni
Fotomecánica: M.T. Color & Diseño, S.L. Las Rozas (Madrid)
Impresión en Black print CPI (Barcelona)
Fecha impresion para Argentina: 6.5.13
Distribuidor exclusivo para España: LOGISTA
Distribuidor para México: CODIPLYRSA
Distribuidores para Argentina: interior, BERTRAN, S.A.C. Vélez
Sársfield, 1950. Cap. Fed./ Buenos Aires y Gran Buenos Aires,
VACCARO SÁNCHEZ y Cía, S.A.

Capítulo 1

ES UNA broma, Jordana? –Tristan Garrett le dio la espalda a la ventana y se volvió hacia su hermana pequeña. Desde su despacho, situado en el décimo piso del edificio, se divisaba el Támesis.

Ella estaba sentada en frente del escritorio, con las piernas cruzadas, impecablemente vestida. Resultaba difícil de creer que acabara de decir algo así.

–¡Como si fuera a bromear con algo tan serio! –exclamó Jordana, mirándole fijamente. Sus ojos, color verde jade, eran exactamente del mismo color que los de él. En ese momento estaban llenos de preocupación–. Sé que suena increíble, pero es verdad. Y tenemos que ayudarla.

En realidad la historia no sonaba tan increíble, pero Tristan conocía muy bien a su hermana; sabía que tenía tendencia a ver solo lo bueno en los demás, incluso cuando no había nada que ver.

Tristan se volvió hacia la ventana de nuevo y miró a los peatones que caminaban a ambos lados del río, disfrutando del sol de septiembre. No soportaba verla tan preocupada. Maldijo a la supuesta amiga que la había hecho llorar.

Ella fue hacia él y se detuvo a su lado. Él le puso el brazo sobre los hombros y la atrajo hacia sí. ¿Qué podía decir para hacerla sentir mejor? ¿Iba a decirle que la amiga a la que quería ayudar no valía la pena? ¿Que una persona tan estúpida como para salir de Tailandia con drogas merecía que la atraparan?

En otras circunstancias, hubiera ayudado a su hermana sin pensárselo dos veces, pero no estaba dispuesto a verse envuelto en algo así. Y tampoco iba a dejar que ella lo hiciera. Le dio un apretón cariñoso en los hombros.

—Jo, no es tu problema, y no voy a dejar que te metas.

—Yo...

Tristan levantó una mano. Sus gemelos de oro macizo brillaban.

—Si lo que dices es cierto, ella se lo estaba buscando, y ahora tendrá que atenerse a las consecuencias. Y no quiero tener que recordarte que estás a ocho días de la boda más importante del año. Oliver no querrá que te involucres en algo así. Y dudo mucho que el príncipe de Grecia quiera sentarse al lado de una drogadicta, por muy hermosa que sea.

Jordana se puso tensa y apretó los labios.

—Oliver querrá que yo haga lo correcto. Y me da igual lo que opinen mis invitados de boda. Voy a ayudar a Lily y punto.

Tristan sacudió la cabeza.

—¿Por qué vas a hacer algo así?

—Es mi mejor amiga y le prometí que lo haría.

Eso fue toda una sorpresa para Tristan. Pensaba que esa amistad había muerto muchos años antes. Pero, de haber sido así, ¿por qué iba a ser Lily dama de honor en la boda? ¿Por qué no se le había ocurrido preguntárselo dos semanas antes, al enterarse de que Lily asistiría a la boda?

Frunció el ceño, pero decidió posponer ese tema ante la urgencia del otro asunto.

—¿Cuándo hablaste con ella?

—No hablé con ella. Me llamó un empleado de la aduana. Lily quería que supiera por qué no podría asistir a la boda y... Oh, Tristan, si no la ayudamos, irá a la cárcel.

Tristan se echó hacia atrás el mechón que le caía sobre la frente. Tenía que cortarse el pelo.

Por mucho que quisiera evitarlo, tenía que ponerse duro con su hermana.

–Probablemente ese sea el mejor sitio para ella –frunció el ceño–. Allí tendrá la ayuda que necesita.

–¡No puedes estar hablando en serio!

¿No hablaba en serio? En realidad no lo sabía. Pero lo que sí sabía era que había tenido una mañana tranquila y agradable hasta que Jordana había irrumpido en su despacho, recordándole a una chica a la que quería sacar de sus recuerdos para siempre.

Lily Wild...

Una de las mujeres más sexys del planeta, según el último ranking... Una actriz talentosa. Él no era muy aficionado al cine, pero sí que había visto la primera película; un largometraje de autor acerca del fin del mundo, dirigida por un director novel. Apenas recordaba el argumento. ¿Quién hubiera podido? Lily aparecía casi desnuda durante toda la película, con una camiseta que le quedaba grande, y unas braguitas de algodón que parecían pantalones cortos. Por aquel entonces recordaba haber pensado que el mundo estaba involucionando, yendo hacia atrás, y la gente como Lily Wild tenía la culpa.

Su padre y él habían tolerado esa amistad adolescente entre Lily y Jordana porque su hermana lo pasaba muy bien con ella, pero la chica nunca les había caído bien. Recordaba aquel día, cuando la había visto por primera vez... aquella chica de catorce años con aspecto de pandillera que escondía drogas debajo del colchón de su hermana... demasiado precoz y prepotente para su edad... Debería haber metido a su hermana en otro colegio.

Tristan respiró profundamente y se volvió hacia el escritorio. Tocó el ratón y quitó el salvapantallas.

—Jo, estoy ocupado. Tengo una reunión importante dentro de media hora. Lo siento, pero no puedo ayudarte.

—Tristan, sé que no soportas a los drogadictos, pero Lily es inocente.

—¿Y eso cómo lo sabes exactamente?

—Porque conozco a Lily, y sé que no toma drogas. Las odia.

Tristan levantó una ceja. ¿Le estaba hablando en serio?

—¿Es que has olvidado el día en que cumpliste dieciocho años? La sorprendí escondiendo un porro en la fiesta. Tenía catorce años. Y no hablemos de todas esas fotos que circulan por la prensa, en las que aparece hecha un desastre.

Jordana frunció el ceño y sacudió la cabeza.

—La mayor parte de esas fotos era falsa. Lily ha sufrido el acoso de la prensa toda su vida porque sus padres son quienes son. Además, ella es demasiado sensata y cabal como para engancharse a algo tan destructivo como las drogas.

—¿Y es por eso que dio un escándalo en tu fiesta de cumpleaños? ¿Porque era una chica muy cabal?

Jordana miró al techo y después miró a su hermano.

—Tristan, esa noche las cosas pasaron de otra manera. Una foto un poco rara...

—¿Una foto un poco rara? —exclamó Tristan, poniéndose furioso—. Esa foto un poco rara podría haberte arruinado la vida si yo no hubiera intervenido.

—¡Querrás decir si no le hubieras echado la culpa a Lily!

—¡Lily tenía la culpa! —Tristan podía sentir esa vieja rabia que le había hecho explotar seis años antes.

Pero no era propio de él dejarse llevar por el temperamento.

—A lo mejor, si hubiera contactado con su padrastro

cuando la pillé con marihuana la primera vez, no estaría metida en este lío ahora.

Jordana bajó la vista un instante.

—Tristan, nunca me has dejado explicarte bien las cosas. ¿Y si la marihuana con la que viste a Lily no era de ella? ¿Te hubieras llevado una decepción tan grande si hubiera sido mía?

Tristan soltó el aliento de golpe. Realmente no tenía tiempo para esa conversación. Se levantó, rodeó el escritorio y abrazó a su hermana. Sabía lo que Jordana estaba intentando hacer y la quería aún más por ello, aunque la cabeza hueca de Lily Wild no se lo mereciera.

—Sé que estás intentando echarte la culpa para protegerla, Jo. Siempre la has protegido. Pero la verdad es que esa chica no te conviene. Siempre ha sido una mala pieza. A lo mejor su padrastro o sus hermanastros pueden ayudarla.

Jordana reprimió un sollozo contra su pecho y se apartó un poco.

—Nunca han estado muy unidos. Además, creo que están de vacaciones en Francia. ¡Por favor, Tristan! El agente con el que hablé esta mañana me dijo que a lo mejor la llevan de vuelta a Tailandia. Y, pienses lo que pienses, no puedo dejar que eso pase.

Tristan masculló un juramento. Tenía que admitir que no podía imaginarse a la preciosa Lily, marchitándose en una prisión tailandesa.

—Jo, mi especialidad es el derecho empresarial. Estamos hablando de derecho penal aquí.

—¡Pero seguro que puedes hacer algo!

Tristan soltó a su hermana y fue hacia los ventanales de nuevo.

Recuerdos de Lily, de la última vez que la había visto, invadieron su memoria. Ella llevaba años asaltando sus pensamientos, pero cada vez le ocurría con más frecuencia, sobre todo desde que Jordana le había dicho que asistiría a la boda. Cerró los ojos... Pero fue peor... La veía, casi podía olerla... Su hermana le tocó el brazo y, por un instante, casi creyó que era Lily. Masculló otro juramento.

—Jordana, por favor, olvídate de Lily y céntrate en la boda.

Ella se apartó de él, dolida.

—Si Lily no viene, a lo mejor no hay boda.

—No seas dramática.

—Y tú no seas tan desagradable. Todo el mundo ha sido muy injusto con Lily...

—Jordana, nadie ha sido injusto con ella. ¡La han pillado con las manos en la masa!

Jordana le miró con los ojos llenos de dolor. No recordaba haberla visto tan afectada desde el día en que habían enterrado a su madre. Entonces había jurado hacer cualquier cosa para protegerla...

—Tristan, sé que odias las drogas por lo de mamá, pero Lily no es así. Y tú sueles ser de los que aprovechan toda oportunidad para ayudar a los demás.

Tristan miró a su hermana. Sus palabras resucitaron recuerdos del pasado; un pasado que querría tener bien enterrado. Y a lo mejor era una locura, pero también culpaba a Lily de ello. De no haber sido por ese último arrebato de excentricidad, no hubiera tenido que mantener esa conversación con su hermana.

Se volvió hacia Jordana y apretó la mandíbula.

—Jordana, las palabras clave en esta situación son «buena causa». Y por lo que a mí respecta, una actriz drogadicta que ha tocado fondo no es una buena causa.

Jordana le miró fijamente, perpleja, como si acabara de darle una patada a un perro... Y en ese momento Tristan supo que había perdido. No podía dejar que su hermana pensara tan mal de él. Además, la imagen de Lily en una cárcel tailandesa le atenazaba el corazón.

Sacudió la cabeza.

–Esto es un gran error –le advirtió a Jordana.

La cara de la joven se iluminó.

–Y no me mires así –prosiguió–. A lo mejor no puedo hacer nada. No es que haya robado una pastilla de jabón de una tienda o algo así.

–Oh, Tristan, eres el mejor hermano del mundo. ¿Te espero y vamos juntos? –Jordana estaba tan feliz que casi cantaba las palabras.

Tristan miraba al techo, intentando diseñar una estrategia para resolver el problema. Al oír las palabras de su hermana, arqueó las cejas.

–Ni hablar. Te llamo cuando sepa algo. Y ahora, vete. Sigue con las cosas de la boda, o lo que sea, y déjame resolver este lío en el que te has empeñado en meterte.

Apenas notó el beso de su hermana en la mejilla. Un segundo más tarde le estaba dando instrucciones a su secretaria por el teléfono.

–Kate, cancela todas mis reuniones de esta tarde y dile a Stuart McIntyre que le quiero en mi despacho ya.

Se echó atrás en la silla y soltó el aliento. ¿Se había vuelto completamente loco?

Lily Wild estaba metida en un buen lío. Había intentando pasar drogas por Heathrow...

Pero eso no era ninguna sorpresa. Muchos años antes la había visto esnifando cocaína sobre el centenario escritorio de su padre, durante la fiesta de cumpleaños de su hermana. Ella nunca lo había admitido, no obstante. Le había mirado con esos ojos falsos y había sonreído, provocadora, desafiante... Tristan había sentido una rabia difícil de contener; no había querido oír escusas... ¿Para qué iba a molestarse? Todos los que consumían eran tan inocentes como monjas de clausura...

Esa misma noche, no obstante, un rato antes, Lily le había mirado con esos ojos color violeta... como si fuera el único hombre del planeta... y él se lo había creído...

¿Cómo había sido tan idiota? Había estado a punto de morder el anzuelo. Hasta ese momento ella no había sido más que un inconveniente... Solía llevarse a su hermana a las fiestas de su padre cuando aún era demasiado joven... Y siempre huía de él cuando se la encontraba en la finca de su familia, cuando aún iban al colegio. Pero aquel día, en la fiesta, no había salido huyendo. En realidad había sido todo lo contrario.

«Olvídalo...», se dijo, recordando cómo había bailado con ella. La había tocado. La había besado...

Todavía le dolía pensar que había estado a punto de perder el control aquel día... Pero ella sabía tan dulce, tan fresca... Sacudió la cabeza y masculló un juramento. En vez de revivir un momento que nunca debería haber pasado, debía recordar cómo se la había encontrado en el despacho de su padre, rodeada de una panda de gamberros, su querida hermana incluida... Debía de haber medio kilo de cocaína sobre la mesa... Los de seguridad habían tardado unos diez minutos en deshacerse de todos aquellos delincuentes, de todos, excepto de su hermana. Los de las fotos había tardado un poco más, no obstante... Habían hecho falta unas veinticuatro horas para bloquear todas las fotos de Jordana que habían sido tomadas con el teléfono de uno de sus amiguitos macarras... Los besos de Lily, en cambio, no los había podido borrar...

Lily Wild se movió una vez más. Llevaba más de cuatro horas sentada en esa dura silla de metal, preguntándose cuándo terminaría el tormento. Estaba sola en una habitación pequeña y aséptica... Cualquier director de series de policías se hubiera sentido orgulloso.

Ese mismo día, unas horas antes, estaba nerviosa y feliz, porque volvía a Inglaterra, a su casa, por primera vez en seis años.

Había tenido que hacer una cola muy larga en los controles y, al llegar a la cabina del control de pasaportes, un agente la había dirigido hacia los perros. No había encontrado motivos para preocuparse, no obstante... Estaban registrando a muchos otros. En ese momento pensaba en Jordana, en el regalo de boda que les había comprado a Oliver y a ella en Tailandia...

Y entonces uno de los agentes auxiliares le había sacado una bolsa de plástico de su maxibolso y le había preguntado si era suya. No se acordaba... Esa era la verdad.

–No lo sé –le había contestado.

–Entonces tendrá que venir por aquí –el agente había señalado un pasillo largo, bien iluminado.

Y ella se preguntaba adónde habrían ido los dos agentes de aduanas. Tampoco era que los echara de menos, no obstante. El más joven, uno de esos babosos insoportables, apenas la miraba a la cara y amenazaba con deportarla a Tailandia si no empezaba a cooperar.

Una gran ironía, pues desde su llegada no había hecho otra cosa.

Sí. El maxibolso multicolor era suyo. No. No la había dejado sola en ningún sitio. Sí. Un amigo había estado en su habitación del hotel la noche en que había hecho la maleta. No. No creía que hubiera podido acercarse a sus pertenencias. No. No. No. Los viales de plástico llenos de éxtasis y cocaína no eran suyos. Casi le había dado un ataque al corazón al oír aquella pregunta. Tenía que ser un error.

–No es ningún error, señora –le había dicho el agente que era más amable.

Un sudor frío le había bajado por la nuca... Después la habían interrogado durante horas acerca de su paso por el aeropuerto de Suvarnabhumi... Le habían preguntado una y otra vez por qué había ido a Tailandia y después se habían marchado, para hablar con los que esta-

ban detrás del espejo. Sabía que sospechaban de Jonah
Loft, uno de los chicos que trabajaba en la película cuyo
contrato acababa de cerrar, pero solo porque había estado en su habitación justo antes de que ella saliera
rumbo al aeropuerto. Se sentía muy mal por él. Había
conocido a Jonah en Nueva York, en un centro de rehabilitación en el que trabajaba como voluntaria, y a las
autoridades no les llevaría mucho tiempo enterarse de
sus problemas con las drogas.

Afortunadamente, no obstante, ya lo había superado,
pero ella también sabía que la falta de confianza podría
desencadenar una recaída. Y era por eso precisamente
que le había conseguido un empleo en la película. Había querido darle una segunda oportunidad, pero cuando
descubrieran que ella misma le había dado trabajo, no
sería nada bueno para ninguno de los dos.

Ella sabía, sin embargo, que él jamás le hubiera hecho algo así. Siempre le había estado muy agradecido,
y deseaba seguir limpio.

Lily suspiró. Cuatro horas y veintiocho minutos.

Tenía el trasero entumecido, así que se estiró en la
silla, preguntándose si podía levantarse y caminar un
poco. Hasta ese momento no lo había hecho, y tenía los
músculos de los muslos agarrotados. Se frotó las sienes
y trató de aliviar el dolor de cabeza.

Solo esperaba que hubieran contactado con Jordana.
No quería dejar de asistir a su boda sin haberle dado una
explicación, aunque probablemente se preocupara más
sabiendo el motivo por el cual no podía ir. Lily rezó
porque no le dijera nada a su insoportable hermano.

Lo último que necesitaba era ver a Tristan Garrett,
tan prepotente y exquisito como siempre, interesándose
por su situación. Se suponía que era unos de los mejores
abogados, pero ella no guardaba muy buen recuerdo de
él, exceptuando aquellos maravillosos diez minutos en
una fiesta de cumpleaños. Seguramente a esas alturas

ya debía de odiarla. Tristan Garrett le había hecho daño, besándola y después ignorándola durante el resto de la noche como si no existiera... Y justo cuando pensaba que su corazón adolescente no podía romperse más, había vuelto a verle en el despacho de su padre mientras trataba de terminar con una fiesta privada de Jordana... Tristan había sacado una conclusión equivocada. Le había echado la culpa de todo, a ella y a las «de su clase». La había echado de la casa. Mirándolo de forma retrospectiva, podía ver que debería haberle dado las gracias. Al menos se había molestado en pedirle al chófer que la llevara de vuelta a Londres... Pero estaba demasiado dolida, con el corazón roto en mil pedazos. Aquella fantasía infantil del amor de su vida estaba hecha añicos.

Ni siquiera podía imaginar cómo había llegado a pensar algo así. Provenían de mundos muy distintos... Y él nunca le había tenido mucho aprecio. Jamás se había molestado en esconder el profundo desprecio que sentía por ella, y por sus padres, dos celebridades hippies, muertos por sobredosis. Pero ella nunca le había dejado ver el daño que le hacía. Tenía orgullo, y las palabras de su difunto padre retumbaban en su cabeza una y otra vez.

«Que nunca vean que te importa, cariño...», solía decirle.

Solo se refería a las críticas de música, pero ella nunca había olvidado aquel sabio consejo que la había mantenido a flote en los momentos más difíciles, llenos de dudas y especulación.

De repente oyó el chirrido metálico de la puerta. Levantó la vista. El malo de los agentes acababa de entrar. Llevaba una sonrisa condescendiente en los labios. Se sentó frente a ella y arqueó una ceja.

–Es una chica con mucha suerte, señorita Wild –le dijo, hablándole con un fuerte acento cockney–. Parece que la van a soltar.

Lily le miró con un gesto impasible, parpadeando bajo las luces fluorescentes, sin revelar emoción alguna. El agente empezó a golpear la mesa de forma rítmica con algo que parecía un informe mecanografiado. Seguía mirándole los pechos, como antes. Los hombres como él estaba en todas partes. Una rubia con una cara y un cuerpo bonitos tenía que ser necesariamente fácil para ellos. Aquel tipo parecía un aspirante a marine, con ese peinado, rapado por los laterales y plano por arriba... Debería haberse unido al circo... No había madera de Príncipe Azul en él, pero aunque la hubiera habido, Lily jamás le hubiera encontrado sugerente... Aunque hiciera películas románticas con finales felices, lo de los cuentos de hadas no era para ella; no después de la experiencia de su madre con Johnny Wild...

–Muy bien –dijo el aspirante a marine con una sonrisa irónica–. Ustedes las celebridades siempre tienen buenos contactos... Y después es todo pan comido. De haber sido por mí, la hubiera mandado de vuelta a Tailandia, pero por suerte para usted, no depende de mí... Firme esto –le puso el documento delante.

–¿Qué es?

–Las condiciones de su puesta en libertad.

¿Puesta en libertad? ¿La iban a soltar?

Con el corazón desbocado, Lily se inclinó, casi a cámara lenta, y miró los papeles. No podía creerse que fuera a ser verdad. Temblaba tanto que las palabras bailaban sobre el papel.

Cuando la puerta volvió a abrirse por segunda vez ni siquiera se molestó en levantar la vista. Dio por sentado que debía de ser el otro agente y volvió a mirar el papel. De repente sintió un escalofrío en la nuca... Una voz masculina y grave le robó el aliento...

–Verás que todo está correcto, cielo, así que firma y salgamos de aquí.

Lily cerró los ojos con fuerza. Sintió que la cabeza

le iba a estallar de tanto dolor... Hubiera reconocido esa voz en cualquier sitio... Esperó a que desaparecieran las chiribitas y abrió los ojos nuevamente. La pesadilla no había terminado, sino que había ido a peor... Un giro inesperado.

Jordana había recibido el mensaje, pero también había hecho exactamente lo que temía. Había acudido a su hermano en busca de ayuda.

Capítulo 2

LORD Garrett, vizconde de Hadley, futuro duque de Greythorn, estaba frente a ella.

–Tristan –susurró Lily, innecesariamente. Era un
hombre de una belleza sublime, casi dolorosa, pero su
mente lo aceptaba y lo rechazaba al mismo tiempo. Parecía más alto y poderoso que nunca. Su físico atlético
y musculoso estaba perfectamente contenido en su traje
hecho a medida.

Llevaba el pelo un poco largo y eso le imprimía
cierto carácter indomable que realmente no necesitaba.
La piel bronceada, la mandíbula bien dibujada, la nariz
aristocrática... Era perfecto. Lily se fijó en la masculina
curva de sus labios y finalmente reparó en esos ojos
verde claro rodeados de gris que la miraban con dureza.
Esa actitud implacable le aceleró el corazón. Sin darse
cuenta, se humedeció los labios. Él arrugó los párpados
y siguió su movimiento con la mirada. Ella bajó la vista
rápidamente. Se pellizcó el puente de la nariz para aliviar el dolor que palpitaba sin cesar detrás de sus ojos.
De repente un bolígrafo caro apareció ante sus ojos.

–Date prisa, cariño. No tengo todo el día.

Lily hubiera querido recordarle que prefería que la
llamaran por su nombre de pila, pero tenía la garganta
tan seca que apenas podía tragar. Agarró el bolígrafo.
Sus dedos chocaron un instante. Firmó donde él le in-
dicaba. Antes de que pudiera darse cuenta, se habían
llevado las páginas. Tristan agarró su bolso y la condujo
a través de la puerta poniéndole una mano firme en la

espalda. Lily se puso rígida al sentir el contacto. Se frotó los brazos. Medía más de un metro ochenta y dos centímetros de estatura y a su lado parecía enorme.

–Si tienes frío, deberías ponerte más ropa –le espetó, mirándola de arriba abajo como si fuera escoria.

Lily se miró la camiseta blanca y los leggings negros que llevaba puestos.

–¿Has oído hablar de algo que se llama sujetador? –su voz era aterciopelada, condescendiente... Lily sintió que se le endurecían los pechos. La mirada de Tristan se detuvo en ellos durante un segundo... Pero su actitud siguió siendo tan hostil como antes. Ella cruzó los brazos sobre el pecho de manera defensiva. Lo último que necesitaba en ese momento era otro conflicto. Se quedó mirando el nudo Windsor de su corbata roja y se frotó los brazos allí donde la piel se le había puesto de gallina.

Tristan masculló algo, se quitó la chaqueta y se la puso sobre los hombros. Ella hubiera querido decirle que se encontraba bien, pero antes de que pudiera decir nada, él la agarró del brazo y la condujo por un largo pasillo. Su aroma fresco y masculino se cernía sobre sus sentidos como una niebla espesa. La tensión le agarrotaba los músculos, pero no podía decirle que aminorara cuando lo que deseaba en realidad era alejarse del aeropuerto lo más rápido posible. Cuando él se detuvo en la entrada del área libre de impuestos, Lily levantó la vista. Se sentía como una colegiala de la mano de un padre furioso. Trató de zafarse, pero él ignoró su intento. La agarró con más fuerza y la hizo atravesar la multitud de pasajeros. De repente Lily recordó un par de ocasiones en las que había irrumpido en un par de locales y las había sacado a Jordana y a ella casi a la fuerza. Mirando atrás, podía ver que Tristan había hecho lo correcto sacando de la disco a ese par de chiquillas rebeldes, pero en aquel momento se había puesto furiosa.

Se fijó en las puertas de acero que daban acceso al área de llegadas. Respiró hondo. Con un poco de suerte, Jordana la estaría esperando al otro lado. Una vez atravesaran esas puertas podría darle las gracias y despedirse de él hasta la boda.

Tenía los nervios a flor de piel, pero el alivio que la recorría desapareció de repente cuando Tristan giró a la izquierda y la condujo hacia uno de los bares pequeños, poco iluminados, que se alineaban a lo largo de la explanada. El local era largo y estrecho. A un lado había mesas y al otro una barra bien pulida y taburetes forrados en rojo. El lugar estaba casi vacío, a excepción de un par de tipos trajeados enfrascados en una conversación y un hombre mayor que parecía a punto de echarse la siesta.

Lily quería averiguar qué estaban haciendo allí y su sorpresa fue enorme cuando Tristan pidió dos whiskys. En cuanto el camarero se puso a servir las bebidas, se volvió hacia ella. Había furia en sus ojos.

–¿Qué demonios haces metiéndote en la vida de mi hermana de nuevo? –le preguntó en un tono áspero, iracundo.

Lily se le quedó mirando, en silencio.

Los seis años que habían pasado parecieron evaporarse delante de sus ojos. Bien podrían haber estado en el despacho de su padre, como aquella noche, cuando él la había acusado de algo que no había hecho, cuando la había insultado brutalmente. Los ojos de Lily se desviaron hacia sus labios sensuales, apretados, cerrados... Siguió bajando y se fijó en su corbata de seda. De repente recordó aquel beso devastador. ¿Cómo podía seguir sintiendo algo por alguien que la había tratado tan mal? El silencio tenso de Tristan la envolvió de pies a cabeza. Él seguía esperando a que ella contestara a su pregunta, bruscamente formulada. Ella había imaginado muchas veces ese encuentro, pero nunca había visualizado un momento así. En una de esas fantasías se veía a sí misma, con él. Ambos reían, como amigos, recordando aquel estúpido enamoramiento adolescente... En su sueño, él se reía sin parar, sorprendido. ¿Cómo había llegado a pensar que ella había preparado esa fiesta privada que habían difundido por Internet?... Ella levantaba la cabeza y le decía...

«Por favor, no pienses más en ello. Ya pasó. Es parte del pasado...».

Pero eso no iba a funcionar tan bien en la situación real... Además, había olvidado preparar la escena del aeropuerto de Heathrow... Había tenido que improvisar de cualquier manera, usando un cerebro que estaba paralizado, embelesado por él.

Sin embargo, ya no era la chica impresionable que había caído presa de un enamoramiento adolescente. Era una mujer madura, dueña de su propia vida.

–Me invitaron a la boda –le dijo con toda la educación que pudo.

–Un gran error... –dijo él con sorna–. No sé en qué estaba pensando mi hermana.

Lily frunció el ceño y miró al camarero, que en ese momento estaba echando el whisky en los vasos. Quizá la mejor opción fuera disculparse y marcharse lo antes posible.

Tristan agarró su vaso y se bebió el trago rápidamente. Al ver que ella no hacía lo mismo, frunció el ceño.

–Bébetelo. Parece que te hace falta.

–Lo que me hace falta es una cama –dijo.

Cuando él arqueó las cejas, se dio cuenta de que era demasiado tarde para retirarlo.

–Si es una invitación, será mejor que te olvides.

Lily soltó el aliento bruscamente y entonces volvió a tomarlo. El aroma de Tristan, viril y embriagador, se le había metido en el cuerpo. El corazón se le aceleró y, antes de que pudiera cambiar la dirección de sus pensamientos, había vuelto a pensar en ese beso que tanto había intentado borrar... Se quitó su chaqueta rápidamente y se la devolvió. Dejó el bolso sobre un taburete que estaba a su lado y sacó una de sus rebecas favoritas, negra y de punto. Se la puso. Sacó su vieja gorra de los Yankees, de color blanco y negro, y se la puso también. Se dio la vuelta. No podía ver mucho más allá de Tristan, pero lo último que deseaba en ese momento era verse interceptada por algún fan o, peor aún, por un paparazzi. Reparó en la mirada condescendiente de Tristan, pero decidió ignorarla. Trató de sonreír al tiempo que se colgaba el bolso del hombro.

–Bueno, gracias por ayudarme. No creo que quisieras, pero te lo agradezco.

–Me importa un pimiento lo que quieras agradecerme. No me puedo creer que hayas sido capaz de hacer algo así, teniendo en cuenta tus antecedentes. ¿En qué estabas pensando? ¿Acaso creías que yendo sin sujetador podrías dar un golpe de melena y que nadie se acordaría de lo que llevabas en el bolso?

Lily le miró a los ojos. ¿Realmente la creía culpable?

–Claro que no estaba pensando en eso.

–Bueno, fuera lo que fuera lo que estabas pensando, no ha funcionado.

–Pero ¿cómo te atreves? –Lily sintió el picor de las lágrimas–. No sabía que había algo así en mi bolso. Y esta es la ropa con la que viajo. Me veo totalmente respetable con ella.

Tristan arqueó las cejas.

–Eso es discutible. Pero supongo que debería darme con un canto en los dientes al ver que no enseñas tanta piel como sueles hacer en los anuncios.

Lily no quiso dejarlo pasar, pero antes de que pudiera hablar, él se le acercó peligrosamente.

–Dime algo, Honey Blossom, ¿alguna vez has salido

en una película en la que no tuvieras que quitarte toda la ropa?

Lily sintió una ola de furia. No le llamaban Honey Blossom desde que tenía siete años y por aquel entonces salía completamente vestida en las películas.

–Me llamo Lily, como bien sabes, y tus comentarios no son solo ofensivos e incorrectos, también son despreciables.

Él sonrió con sarcasmo. Lily sintió que le hervía la sangre.

–Termínate la maldita bebida, ¿quieres? Tengo que trabajar.

Lily estaba tan tensa que los dedos de los pies se le agarrotaban. Ya era suficiente. No tenía por qué aguantar ese tipo de comentario.

–No quiero tu maldita bebida –le contestó, levantando la barbilla y ajustándose la gorra–. Y no tengo por qué aguantarte ni un segundo más. Gracias por tu ayuda con... este desafortunado incidente... Pero no te molestes en venir a saludarme en la boda. Te aseguro que no me voy a dar por ofendida.

Agarró el bolso con fuerza, pero Tristan se interpuso en su camino.

–Un discurso muy bonito. Pero ese desafortunado incidente te ha puesto en mis manos. Ahora soy yo quien manda aquí, no tú.

Lily levantó las cejas, sorprendida.

–¿En tus manos? –casi se echó a reír al oír aquello.

Era evidente que no le había gustado su respuesta. Se acercó aún más. Su voz era mortíferamente suave.

–¿Qué? ¿Acaso creías que iba a dejar que te fueras de rositas después de haber negociado las condiciones de tu liberación? Si es eso lo que creías, es que no me conoces bien.

Lily retrocedió un poco. Un escalofrío bajó por su espalda. No había leído el documento y de pronto tenía la sensación de que iba a arrepentirse de no haberlo hecho.

—No lo leí —admitió, mordiéndose el labio superior; un gesto infantil del que nunca había podido librarse.

Tristan frunció el ceño. Debió de darse cuenta de que ella hablaba en serio porque se echó a reír.

—Tiene que ser una broma.

—Me alegra que te haga tanta gracia —masculló ella, sosteniéndole la mirada.

—Bueno, es difícil que algo me haga gracia en esta situación... Y te diré por qué. Acabas de firmar un documento que te sitúa bajo mi custodia hasta que te liberen... —su tono de voz dejaba entrever que eso era tan poco probable como vivir en otro planeta—. O hasta que te imputen por posesión de narcóticos.

Lily sintió mareos. Se inclinó contra el taburete que tenía detrás.

—No lo entiendo —sacudió la cabeza.

—¿Qué? ¿Acaso creías que las evidencias iban a desaparecer por arte de magia? Soy bueno, cariño, pero no tanto.

—No —ella gesticuló y cerró los ojos un momento—. Lo de la custodia.

—Es una forma de arresto domiciliario.

—No lo sabía.

—Pues ahora lo sabes. Y ahora puedo irme.

—¡No! —exclamó ella, levantando una mano. La voz le temblaba—. Espera, por favor. ¿Qué significa eso exactamente?

Él la miró como si fuera poco menos que idiota.

—Significa que tendrás que aguantarme las veinticuatro horas del día durante un buen tiempo. Eso es lo que significa.

Lily parpadeó. Las veinticuatro horas del día... con ese hombre maravilloso e insoportable.

«Ni hablar».

–¡No me puedo quedar contigo!

Los ojos de Tristan brillaron.

–A mí me hace tan poca gracia como a ti. Créeme.

–¡Pero deberías habérmelo dicho!

–Deberías haber leído la letra pequeña.

Él tenía razón, y le odiaba por ello. Era por su culpa que no lo había leído.

–Me pusiste bajo presión y me dijiste que me diera prisa.

–¿Entonces es culpa mía?

–No te estaba echando la culpa –se pasó una mano por la frente–. ¡Pero, si me hubieras advertido acerca de lo que estaba firmando, no lo hubiera firmado!

Él guardó silencio un momento.

–¿Advertido?

Lily se dio cuenta demasiado tarde de que se había tomado su comentario como un insulto.

–¿Y qué hubieras hecho tú exactamente? Dime.

Lily apretó los labios al oír ese tono mordaz y trató de ignorar su físico imponente.

–Hu... Hubiera buscado una alternativa –masculló–. Hubiera buscado otra solución.

–¿Otra solución? –Tristan sacudió la cabeza con un gesto burlón–. ¡Esto no es un ensayo!

El corazón de Lily dio un vuelco. Respiró hondo y trató de recordar que él tenía derecho a sentirse furioso. Si la situación hubiera sido al revés, ella hubiera sentido lo mismo.

–Mira... –empezó a decir, pero no pudo terminar.

Él se puso en pie y la acorraló contra el taburete.

–No. Escúchame tú a mí. No tienes elección. Ya no eres tú quien manda, sino yo. Y, si no te gusta, te daré otra opción. Se llama cárcel. Si quieres terminar allí, adelante –señaló la entrada del bar con un gesto. Sus ojos no dejaban de mirarla.

Lily se quedó blanca como la leche.

–Yo no lo hice –le dijo, intentando no levantar el tono.

–Eso se lo dices al juez, cielo, porque a mí no me interesa oír tu declaración de inocencia.

–A mí no me des lecciones, Tristan. No soy una niña.

–Entonces deja de comportarte como tal.

–Maldito seas. Tengo derechos.

–No. Los tenías –le dijo, sin piedad–. Renunciaste a esos derechos cuando entraste en el aeropuerto de Heathrow con una bolsa llena de narcóticos. Ahora tus derechos me pertenecen, y cuando yo diga que saltes, saltas.

Lily se quedó lívida.

–Ni en tus sueños –le espetó.

Capítulo 3

«N O...», pensó Tristan.

Normalmente cuando soñaba con ella, no la veía saltando arriba y abajo, sino desnuda, en la cama, suplicándole que le hiciera el amor. Pero no estaban en un sueño, y hacerle el amor era lo último en lo que podía pensar en ese momento.

–¿Me has oído, Tristan? –dijo ella de repente. Sus gloriosos ojos color violeta resplandecían–. No voy a dejar que me vapulees, como la última vez.

Tristan la fulminó con una de esas miradas envenenadas que usaba con los oponentes más rastreros en los tribunales.

–No me provoques, Lily.

Ella apretó los dientes. Tenía los puños cerrados a ambos lados del cuerpo.

–¡Pues no me provoques tú a mí!

Él la miró y trató de recordar que era un abogado de primera que nunca se dejaba gobernar por las emociones.

–Has firmado el contrato. No tienes elección.

Ella apoyó las manos en las caderas. El movimiento le abrió la rebeca, llamando la atención de Tristan hacia sus pechos.

–Ya te lo dije –dijo ella–. No sabía lo que estaba firmando –añadió, como si eso fuera a suponer alguna diferencia.

Tristan se dio cuenta de que los dos hombres trajeados que antes estaban conversando habían empezado a lanzarle miradas de reojo. Sabía muy bien lo que estaban mirando; pelo rubio alborotado, unos labios de fresa, una figura perfecta, unas piernas interminables...

De repente la recordó en la fiesta de cumpleaños de su hermana, seis años antes, con ese vestido diminuto y esos tacones, bajando por las escaleras de la casa de sus padres. Su mente volvió a ese momento, en Hillesden Abbey, la finca de su familia...

–Oye, ¿quieres bailar? –le dijo, parándose delante de él con ese minivestido que le acariciaba las curvas y se ceñía en los sitios precisos; la cadera ladeada, y una boca pintada para dar guerra.

Él le había dicho que no, obviamente. Mirarla había despertado en él una oscura lujuria que era demasiado para una chica tan joven.

–Pero sí que bailaste con Jordana –le había dicho ella, batiendo las pestañas y esforzándose por parecer más mujer–. Y con la chica del vestido azul.

–Sí –su amigo Gabriel le dio un codazo–. Lo hiciste.

–¿Y bien? ¿Qué me dices? –se apoyó en la otra pierna y el vestido se le subió un poquito más.

Iba a rechazarla de nuevo, pero Gabriel le interrumpió. Le dijo que bailaría con ella si él no lo hacía y, de alguna manera, eso le hizo cambiar de idea. Lanzándole una mirada fulminante a su amigo, la agarró de la mano.

–Vamos.

Ella miró a Gabriel y le regaló esa sonrisa de un millón de dólares. Tristan apretó los dientes y se la llevó a la pista de baile.

En ese momento, casi como si estuviera planeado, empezaron a tocar un tema lento y romántico... Tristan estuvo a punto de dar media vuelta, pero entonces ella le regaló otra de esas sonrisas de oro y comenzó a bailar, en sus brazos.

–La fiesta está siendo todo un éxito, ¿no?

–Sí.

–Me gusta.

–Sí.

–¿Te lo estás pasando bien?

De repente sintió su muslo entre las piernas y el roce de sus pezones contra el pecho... Le costaba tanto mantener el control... La agarró con fuerza de la cadera para echarla atrás, pero ella le agarró del hombro y le miró con una inocencia que le sacudía el corazón.

Y así, casi sin darse cuenta, Tristan deslizó la mano por su espalda hasta llegar al lugar donde comenzaba su trasero. Ella contuvo el aliento. Se tropezó, pero él la agarró a tiempo y entonces dejó de saber lo que hacía. El corazón se le salía por la boca, el cuerpo le dolía de tanto deseo... Presa de un arrebato de locura, se la llevó a un rincón de la pista con la intención de echarle una reprimenda y decirle que a él no le iban las niñas... Pero al final terminó besándola, casi sin saber lo que estaba haciendo, metiendo la lengua en su boca y pidiéndole una respuesta que ella estaba encantada de dar. Enredó una mano en su melena rubia mientras que con la otra le agarraba el trasero; se dejó llevar... Perdió la noción del tiempo y del espacio... Podrían haber pasado horas hasta ese momento en el que sintió un toquecito en el hombro.

Thomas, el mayordomo de la familia, estaba justo detrás, aparentemente cautivado por las bolas de discoteca que colgaban del techo. Al parecer su padre quería verle urgentemente.

Tristan la soltó con brusquedad y le dijo que no volviera a molestarle, que no le interesaban las niñas... Y ella le castigó colgándose del brazo de un tipo con un traje de Armani durante el resto de la velada...

Tristan volvió al presente de repente. Uno de los hombres trajeados se había echado a reír... Cerró los ojos un momento y entonces cometió el error de mirar hacia el espejo que estaba detrás de la barra. Su mirada se encontró con la de ella. Durante una fracción de segundo, sintió el golpe de un instinto primario... el aire se hizo espeso, caliente. Ella se humedeció el labio inferior.

Tristan parpadeó lentamente. No era ningún tonto, y no iba a dejarla usar sus armas de manipulación. Cuanto antes lo tuviera claro, sería mejor para los dos.

—Me da igual lo que hiciste, o lo que no sabías. Firmaste los papeles y ahora nos vamos.

—Espera —ella estiró un brazo. Quiso tocarle, pero no se atrevió.

—¿Qué pasa ahora? —le preguntó él, apretando la mandíbula.

—Tenemos que resolver esto.

Él recogió su chaqueta del taburete y se la puso.

—Ya está todo resuelto. Yo estoy al mando. Tú no. Así que vámonos.

—Mira, sé que estás enfadado...

—¿Estoy enfadado? —repitió él en un tono de burla.

—Pero... No sabía que tenía eso en mi bolso —le dijo casi en un susurro—. Y no me voy contigo a ninguna parte hasta que sepa qué viene después.

Tristan miró al techo, esperando recibir algún tipo de ayuda divina. Sabía que a ella le dolía la cabeza. Se había dado cuenta nada más verla. Pero era a él a quien había empezado a dolerle en ese momento, y todo era culpa de ella.

—Tienes que estar de broma.

—No. Lo digo en serio, Tristan. No voy a dejar que me trates como hace seis años. Entonces...

—Oh, deja ya el drama, cielo. No hay ninguna cámara por aquí.

—Lily.

Él se le quedó mirando un segundo.

—Y no voy...

Tristan la fulminó con una mirada y la interrumpió.

—¿Crees que a mí me gusta esto? ¿Crees que no tuve

que devanarme los sesos para buscar una alternativa?
Acabo de involucrar a un buen amigo mío en este
asunto para que te sacara de este lío y tú no haces más
que hacerte la víctima inocente. Tú has infringido la
ley, no yo, así que deja de comportarte como si yo fuera
el malo de la película.

Lily pareció ablandarse un poco.

–¿Un amigo?

–¿Qué? ¿Creías que podía presentarme allí así como
así y exigir tu liberación? Me halaga que creas que
tengo tanto poder.

Tristan miró a su alrededor y vio que habían entrado
más clientes. Ya empezaban a recibir demasiada atención.

–No irá a la prensa, ¿verdad?

–Muy típico de ti preocuparte solo por ti –le dijo
Tristan, sacudiendo la cabeza.

–Ya es un poquito tarde para pensar en eso. Pero, no.
No dirá nada. Es una persona discreta e íntegra, dos palabras que tendrías que buscar en el diccionario para saber lo que significan –sacudió la cabeza–. Por Dios, no
es que no puedas conseguir un chute por aquí en caso
de estar muy desesperada.

–¿Y qué pasó con lo de ser inocente hasta que se de-
muestre lo contrario? –le preguntó ella, mirándole por
debajo de la visera de la gorra.

–Que te pillen con drogas en el bolso echa por tierra
esa regla –le dijo él, mofándose.

–¿Y no se supone que los abogados deberían ser un
poquito más objetivos con sus clientes?

–Yo no soy tu abogado.

–¿Y entonces qué eres? ¿Mi caballero blanco?

Tristan contrajo la mandíbula.

–Le estoy haciendo un favor a Jordana.

–Ah, claro. La rutina del hermano mayor. Si no recuerdo mal, te lo pasas bien con ello. Seguramente te

sentiste muy orgulloso rescatando a tu hermana de las malas compañías hace seis años.

Se abrazó a sí misma, haciendo un ademán casi defensivo, pero Tristan no quiso ablandarse.

—Es una pena no haber cortado la amistad que tenía contigo al comienzo. Podría haberle ahorrado a mi familia muchos dolores de cabeza.

Esas palabras parecieron desinflarla por completo. Tristan casi sintió remordimientos.

—¿Y qué pasa ahora? ¿Dónde me voy a quedar?

Él se sacó un fajo de billetes del bolsillo y tiró unos cuantos sobre la barra.

—Luego hablaremos de las normas.

—Me gustaría hablar de ello ahora.

Él se volvió hacia ella. Se le estaba acabando la paciencia.

—Si tengo que agarrarte y sacarte de aquí a rastras, lo haré.

—No te atreverías.

Tristan volvió a acorralarla contra el taburete.

—Ponme a prueba.

Ella respiró profundamente e interpuso una mano entre ellos.

—No me toques.

—Entonces tendrás que colaborar —le dijo, acercándose más y disfrutando al verla retroceder un poco. Tampoco le venía mal tenerle un poco de miedo.

—Lo estoy intentando.

Los ojos de Lily emitieron un destello y el cuero del taburete crujió bajo la presión de su espalda. Ya no podía retroceder más. Lo único que se interponía entre ellos era su enorme bolso tamaño maxi.

Tristan se inclinó, le dio un golpecito al taburete con el pie y lo echó adelante. La pilló desprevenida y la hizo perder el equilibrio.

Lily tuvo que ponerle una mano en el pecho para no caerse.

–No. No lo intentas. Intentas fastidiarme –le dijo él.

Ella se sonrojó y retiró la mano.

–Y funciona –añadió él.

Ella levantó la barbilla.

–No me gusta tu actitud controladora –le dijo.

Él se quedó quieto y sus ojos libraron una batalla durante unos segundos. Estaban tan cerca que Tristan podía ver cada detalle de su rostro, sus largas pestañas, su piel de marfil... Contuvo la respiración y sintió cómo fluía la sangre por todo su cuerpo. Durante una fracción de segundo, olvidó qué estaban haciendo allí. El tiempo se detuvo, pero antes de que pudiera besarla, ella bajó la vista y parpadeó.

Tristan soltó el aliento. La furia que sentía había alcanzado un pico más alto en el gráfico.

–¿De verdad crees que me importa? Cuando me enteré de que venías a la boda de Jo, no tenía intención de decir «hola» siquiera. Pero ahora veo que ese es el menor de mis problemas. Y te puedo asegurar que no pienso pasarme los próximos ocho días discutiéndolo todo contigo, así que...

–Muy bien –dijo ella. Se llevó la mano a la frente e hizo un gesto de dolor.

–¿Muy bien qué? ¿Significa eso que vienes conmigo o que quieres que te lleve de vuelta a la aduana?

Ella levantó la barbilla. Tristan esperó. Las manchas oscuras que tenía debajo de los ojos parecían más negras que nunca.

–Oh, al diablo –se puso erguido y extendió una mano hacia ella.

Ella la tomó, sin rechistar... Sus dedos estaban helados, así que él se quitó la chaqueta una vez más y volvió a ponérsela. La agarró de los brazos y la atrajo hacia sí.

–Colabora un poco, ¿quieres? –le dijo en un tono de exasperación.

–Nunca usas las palabras «por favor», ¿no?

Ella se empeñaba en llevar la voz cantante. Él seguía mirándola fijamente, porque sabía que estaba perdido si le miraba los labios. La deseaba con locura y estaba furioso... La adrenalina corría por sus venas a un ritmo galopante.

–Por favor... Y ahora, ¿quieres andar?

–Claro –dijo ella. Agarró el bolso y se puso en pie, tambaleándose un poco cuando él la soltó.

Sabía que sería un error fatal, pero antes de pensárselo dos veces, Tristan la tomó en brazos y salió del bar.

Ella se resistió un poco, pero a él ya se le había acabado la paciencia.

–No digas ni una palabra. Y no mires alrededor. Lo último que necesito ahora es que alguien te reconozca.

Y así, sin más, ella se relajó y escondió el rostro contra su hombro. La brisa fresca era tan bienvenida como una caricia. Salieron de la terminal y se dirigieron al aparcamiento. Tristan no tardó en localizar a Bert. El chófer asintió con la cabeza y abrió la puerta de atrás del vehículo. Justo cuando iba a meterla dentro, Lily le puso una mano sobre el pecho y le miró a los ojos.

–Mi equipaje...

Tristan sintió que el pecho se le contraía justo debajo de su mano.

–Ya se han ocupado de eso –le dijo en un tono hosco.

Capítulo 4

LILY se recostó en el lujoso asiento de cuero del coche y cerró los ojos, tratando de calmar el errático palpitar de su corazón. Le dolía mucho la cabeza y tenía temblores por todo el cuerpo. No podía negar ese dulce sentimiento de deseo que se había apoderado de ella cuando él la había tomado en sus brazos, y cuando la había mirado como si quisiera besarla. ¿Besarla? Seguramente quería darle una buena sacudida... Debía de odiarla mucho... Igual que ella a él.

En realidad, esa respuesta física tan explosiva debía de ser producto del cansancio. No podía ser a causa de Tristan. ¿Cómo iba a serlo si él daba por hecho que era culpable, si la trataba como si fuera escoria? Esa arrogancia fría la incendiaba por dentro, la hacía querer volver a ser esa adolescente rebelde y reaccionaria. De repente añoraba aquellos tiempos en los que llamaba la atención de la prensa poniéndose ropa desarrapada, dependiendo de su estado de ánimo, y fingía estar borracha cuando no lo estaba... Hacía tiempo que había dejado todo eso atrás. Hacía tiempo que había elegido vivir según sus propias expectativas, y no según las de los demás. Sin embargo, sabía que jamás podría escapar del todo de la sombra de sus padres. Hanny Forsberg, su madre, había llegado a Inglaterra sin un centavo, y Johnny Wild, su padre, era un rudo chaval de Norfolk con talento musical, sed de triunfo y de mujeres. Ambos habían sabido aprovechar la fama y la atención mediática, y tras el nacimiento de Lily, simplemente la habían añadido a su modo de vida, encasquetándosela a cualquiera que no estuviera trabajando en ese momento y tratándola como un accesorio de moda mucho antes de que esa tendencia estuviera en boga entre los ricos y famosos. Los flashes de las cámaras y la atención constante solían asustarla de niña, pero nada de eso la había frenado a la hora de hacer uso de su propio talento para abrirse camino en el mundo de la interpretación.

Suspirando, y deseando que ese día infernal terminara cuanto antes, se volvió hacia la ventanilla y se dedicó a contemplar el paisaje que llevaba tanto tiempo sin ver. Desafortunadamente, las filas de escaparates y casas victorianas hacían latir con más fuerza su corazón. No pudo evitar cerrar los ojos. Lo único que se oía era el sonido de las teclas del teléfono de Tristan. Un montón de preguntas parpadeaban como anuncios de neón en su cabeza, pero sabía que él no estaría dispuesto a contestarle. Durante una fracción de segundo contempló la idea de sacar el guion que llevaba en el bolso y que había prometido leer, pero eso le agravaría el dolor de cabeza, así que prefirió no hacerlo. Además, tampoco tenía muchas ganas de leerlo... No tenía intención de participar en una producción teatral sobre sus padres, por muy talentoso que fuera el director. Lo último que necesitaba era darle más tema de conversación a los cotillas del gremio cinematográfico. ¿Cómo iba a hacer de su madre en una obra?... Había aceptado leer el guion por hacerle un favor a un amigo.

Hizo una mueca al imaginarse la cara de Tristan de haber sabido lo que llevaba en el bolso. Sin duda le hubiera dicho que era el papel idóneo para ella; una modelo drogadicta y perdida, suplicándole amor y atención a un hombre que probablemente habría puesto la palabra «playboy» en el diccionario.

En realidad era bastante irónico. El único hombre al

que alguna vez había creído amar era un playboy de libro, como su padre... aunque tampoco había llegado a comprender muy bien por qué Tristan tenía esa reputación con diecisiete años de edad. Por aquel entonces, solo sabía que las mujeres caían a sus pies como moscas, pero tampoco se había preguntado por qué.

Retrospectivamente, no obstante, no podía sino estarle agradecida por haber rechazado sus insinuaciones en aquella ocasión. De no haberlo hecho, se hubiera convertido en una más de una larga lista, y, si se parecía en algo a su madre, eso hubiera significado un enamoramiento fatal.

Lily se quitó la gorra y se frotó la frente. Miró a Tristan un instante. Este estaba escribiendo con bolígrafo rojo sobre un documento que estaba leyendo.

–Supongo que no te llevarás una decepción si no me apetece entablar conversación en este momento, ¿no? –le preguntó en un tono inocente, sonriendo de oreja a oreja.

Él la miró como si tuviera dos cabezas.

–Lo superaré.

De repente se sintió sin fuerzas. Ya no tenía ganas de discutir con él, y hubiera sido mejor ignorar esa pequeña provocación del todo. No debería haberle aguijoneado. Nunca era buena idea molestar a un tigre mientras dormía... Se inclinó contra el reposacabezas y cerró los ojos. El aroma masculino de la chaqueta de Tristan la envolvía... Fingir que todo aquello no estaba pasando era misión imposible.

Cuando Tristan levantó la vista de nuevo, vio que ella se había quedado dormida. Parecía tan frágil, embutida en aquella enorme chaqueta. Su cabello rubio se derramaba sobre la oscura tela como una tela de araña dorada. Cuando se la devolviera olería a ella... Tendría que lavarla rápidamente. Tristan frunció el ceño. Se suponía que tenía que concentrarse en el trabajo. Pero su trabajo no era sacarla del lío en el que se había metido. Su trabajo, si se le podía llamar así, era mantenerla libre hasta la boda de Jordana y encontrar información que le llevara a arrestar a alguien, a ella o a cualquier otro. No estaba allí para hacer amistad con ella, ni para hacer promesas vacías, ni tampoco para besarla. Sacudió la cabeza. A lo mejor se había excedido un poco involucrándose en el asunto. Stuart, el amigo y colega que le había ayudado a encontrar un agujero en la legislación para que la soltaran, se lo había dicho muy claramente.

–¿Estás seguro de que sabes lo que haces, jefe? –le había preguntado, después de sellar el acuerdo.

–¿Alguna vez has necesitado hacerme esa pregunta?

Su amigo había arqueado una ceja y Tristan había entendido lo que se avecinaba.

–Nunca. Pero, si es culpable y la gente empieza a cuestionar tu implicación en el caso, podrías arruinar tu carrera, por no mencionar el hecho de que podrías arrastrar por el fango el nombre de tu familia, otra vez.

–Sé lo que me hago –le había dicho él, pero no era cierto.

Sin embargo, no quería saber nada de drogadictos. Su madre lo había sido, aunque no era consumidora social, como Lily y su pandilla. Su madre solía atiborrarse de pastillas para controlar la dieta, la depresión y cualquier otra afección. Al final había terminado estampando su coche contra un árbol. Nunca había sido una mujer fácil de amar; una dependienta con miras altas... Se había casado con su padre por el título y, por lo que él sabía, se había pasado media vida quejándose de que su marido trabajaba demasiado y de que Abbey era demasiado vieja para su gusto. Su padre había hecho todo lo que había podido, pero no había sido suficiente al final. Ella le había abandonado después de una terrible pelea que hubiera deseado no haber oído jamás. Su padre se había quedado destrozado...

Tristan soltó el aliento con brusquedad. Tenía treinta y dos años y estaba en la flor de la vida. Era dueño de un bufete internacional y tenía propiedades por todo el planeta, buenos amigos y suficiente dinero para vivir varias vidas. Su vida estaba un poco desordenada, no obstante, pero tampoco sabía muy bien cómo ponerle remedio.

Jordana decía que era porque escogía a las mujeres inadecuadas, y que, si alguna vez salía con alguien que merecía la pena, terminaba la relación antes de que empezara. Tampoco andaba tan desencaminada su hermana... La experiencia le había enseñado que después de un tiempo las mujeres empezaban a esperar más de un hombre, empezaban a hablar de amor y de compromiso. Una modelo con la que había salido durante un tiempo había acabado vendiendo su historia a los tabloides y desde ese día sus aventuras se habían vuelto cortas y dulces...

Lily emitió un sonido mientras dormía. Tristan la miró. Su cabeza batía contra el cristal de la ventanilla. De pronto gimió y se puso erguida, soñando todavía. Eso no podía ser bueno para el dolor de cabeza, pero a él le daba lo mismo.

Sin embargo, justo cuando su cabeza iba a golpear el cristal una vez más, se movió hacia ella y la apoyó contra su hombro, rodeándola con el brazo. Ella volvió a gemir... tenía el ceño fruncido.

Tristan masculló un juramento. Soltó el aliento y le acarició la frente.

Cinco minutos... Le daría cinco minutos y después se apartaría...

Veinte minutos después, justo cuando iba a desenredar los dedos de su pelo enmarañado, el chófer les dijo que habían llegado.

–Llévanos a la entrada principal, Bert –dijo Tristan, tratando de despertar a Lily.

Ella se frotaba la mejilla contra la palma de su mano...

Era una mujer espectacular. Eso no podía negarlo. ¿Cómo era posible que alguien tan hermoso pudiera dejarse consumir por las drogas?

Según Jordana, era una persona sensata y reservada, y tenía los pies en la tierra...

«Y él era el Mago de Oz...», pensó Tristan, con sarcasmo.

–¿Se encuentra bien, jefe? –le preguntó Bert, preocupado.

El coche había vuelto a detenerse, pero él no se había dado cuenta.

–Nunca he estado mejor –salió del coche y la tomó en brazos.

Ella se movió, pero no se despertó. Debía de estar exhausta.

Un guardia de seguridad les abrió la puerta de cristal que daba acceso a su edificio. El hombre no parecía haberse sorprendido en lo más mínimo al verle entrar con una mujer inconsciente en brazos.

–Buenas tardes, señor.

Tristan le devolvió el saludo con un gesto.

Al salir del ascensor, se dirigió hacia su despacho con la vista al frente. Al pasar por delante de su secretaria le lanzó una mirada que no admitía preguntas... La joven corrió a abrirle la puerta.

–No me pases llamadas, Kate –le dijo, cerrando la puerta con el talón.

Dejó a Lily con suavidad sobre un sofá de cuero blanco y ella se hizo un ovillo de inmediato...

Capítulo 5

LILY tenía calor. Demasiado calor. Y había algo que pesaba sobre ella, una inquietud... ¿Jonah? Parpadeó y trató de centrarse. De repente estaba en una habitación desconocida.

–¿Ya echas de menos a tu novio, cielo? –le dijo una voz que reconoció al instante desde lejos.

Lily se apoyó sobre el codo. Tristan estaba sentado detrás de un enorme escritorio lleno de libros encuadernados en cuero y montones de papeles. Durante unos instantes, no pudo hacer otra cosa que mirarle, embelesada. Él tenía el ceño fruncido. Y entonces los acontecimientos de la mañana volvieron a su memoria progresivamente. El vuelo, las drogas, el interrogatorio, Tristan...

–Dijiste su nombre... Unas cuantas veces.

¿A qué nombre se refería? Lily no tenía la menor idea. No tenía novio, y nunca lo había tenido. Se frotó la cara con los dedos y se limpió las comisuras de los labios. De repente tenía la sensación de haber babeado. «Horror...», pensó para sí. Estaba pegajosa, sudorosa, como si llevara días dormida... Miró a Tristan más atentamente y vio que llevaba la misma camisa que antes. Se había remangado, dejando al descubierto unos antebrazos bronceados y musculosos. Llevaba la misma corbata roja, pero se la había aflojado y se había desabrochado el último botón de la camisa. Todavía era viernes... Miró el impresionante escritorio, increíblemente desordenado.

Por alguna razón esperaba que alguien tan controlador como Tristan tuviera una mesa impecable, pero su escritorio estaba sepultado debajo de una montaña de gruesos tomos y cuadernos de notas. Una estantería de libros abarcaba una pared completa, y los volúmenes estaban apilados de cualquier manera. En la pared opuesta había un Klimt, y parecía ser original... Lily se sorprendió. Jamás hubiera imaginado que Tristan fuera la clase de persona que ponía un cuadro de un autor tan sublime en su despacho.

–Es una inversión –le dijo él de repente, como si pudiera leerle la mente–. ¿Quién es? –añadió.

–¿Gustav Klimt?

Tristan puso los ojos en blanco.

–Ese perdedor cuyo nombre pronunciabas en sueños.

Lily sacudió la cabeza y se dio cuenta de que uno de los motivos por los que tenía tanto calor era que todavía llevaba la chaqueta de Tristan. Se la quitó rápidamente y la puso sobre el asiento que estaba a su lado. Le miró a los ojos.

–No sé de quién me estás hablando... ¡Oh, Jonah!

–No creo que le haga mucha gracia saber que le olvidas con tanta facilidad. Pero ¿cómo iba a recordarle una chica con tantos amantes, y tan ocupada?

Lily frunció el ceño y le fulminó con la mirada. La prensa decía que tenía una nueva relación cada vez que aparecía en público con un miembro del sexo opuesto, así que bien podía estar hablando de cualquiera de ellos.

Estaba a punto de decirle que no malgastara su sarcasmo con ella cuando sacó una carpeta. Una expresión de desprecio cruzó su rostro.

–Me han hecho un informe sobre ti.

«Claro. ¿Cómo no?», pensó Lily para sí.

–¿Alguna vez has pensado en ir directamente a la fuente? –le sugirió con una dulzura fingida–. Te ahorrarías un dineral en detectives.

Tristan tamborileó con el bolígrafo sobre la mesa.

–Los detectives me dan más información que la fuente principal.

–Vaya.

–Por ejemplo, ahora mismo vives con Cliff Harris...

Era un amigo suyo con problemas económicos al que le había dejado una habitación vacía.

–Un hombre encantador –ella sonrió.

–... y te han fotografiado arrimada a ese escultor afeminado... Piers Bond.

Lily había asistido a un par de exposiciones con Piers, y Tristan tenía razón. Era afeminado.

–Un artista muy talentoso.

–Y probablemente te hayas acostado con ese muñequito tailandés, ¿no?

Lily hizo todo lo posible por contener la llamarada de furia que amenazaba con consumirla y esbozó su mejor sonrisa de Mona Lisa; una sonrisa que le había llevado tiempo perfeccionar... Lo decía todo y nada a la vez.

–Ayudante de cámara... –apuntó con educación–. Querrás decir...

–Y también se le llama yonqui.

–Jonah tuvo un problema de drogas. Pero ya no.

–Bueno, tú deberías saberlo mejor que nadie. Te han fotografiado con él, entrando y saliendo de esa clínica de rehabilitación de Nueva York unas cuantas veces.

Eso también era cierto. Hacía trabajo voluntario allí cuando podía, y así había conocido a Jonah. Solo esperaba que Tristan no supiera lo del director de cine. Un año antes la habían acusado de haber roto su matrimonio mientras trabajaba con él en una película. Todo se había filtrado a la prensa y...

–¿Y lo del matrimonio de Guy Jeffrey? ¿O hace tanto tiempo de eso que no recuerdas qué papel tuviste en el melodrama?

–Bueno, ya veo que tu hombre es muy meticuloso –dijo ella en un tono seco–. ¿Pero puedo ir un momento al servicio antes de que sigas recordándome mi vida licenciosa y libertina? No creo que pueda esperar a mañana.

Tristan frunció el ceño. Si la situación no hubiera sido tan horrible, se hubiera echado a reír. Se hubiera echado a reír... Ella recogió su bolso del suelo e hizo una mueca al darse cuenta de que se sentía como si estuviera pidiendo permiso para ir al servicio en el colegio. Él señaló la puerta que estaba al fondo del despacho.

–Deja el bolso –le dijo, volviéndose hacia la pantalla del ordenador.

–¿Por qué?

–Porque lo digo yo.

Grosero, horrible, insufrible...

Él levantó la vista y la atravesó con una mirada. Sus ojos no delataban sentimiento alguno, pero sí sabía que ella le estaba lanzando cuchillos.

Lily, por su parte, puso las manos sobre las caderas y se preparó para sostenerle la mirada.

–No hay nada en el bolso.

Él se echó atrás en la silla y la miró con esos ojos de depredador. Lily sintió que la carne se le ponía de gallina.

–Entonces no te importará dejarlo aquí.

Lily fue hacia él y, sin pensárselo dos veces, echó todo el contenido del bolso sobre el escritorio. Tristan no pudo esconder la sorpresa y Lily se sintió más que satisfecha al haberle pillado desprevenido.

–Cuidado –esbozó su mejor sonrisa de Hollywood y dio media vuelta. Se dirigió hacia el cuarto de baño–. Hay una serpiente ahí dentro, y está entrenada para atacar a los abogados despreciables.

Él se echó a reír a carcajadas.

Y, a decir verdad, estaba un poco molesta porque ya

no podría encontrar su pintalabios favorito en aquel desorden. Una vez en el aseo, se echó un poco de agua en la cara y se tocó los negros círculos que tenía alrededor de los ojos. Estaba hecha un desastre y tenía el pelo lleno de nudos alrededor de las sienes. De repente recordó unos dedos que la habían acariciado justo ahí... El dolor de cabeza se le había quitado. ¿Él le había acariciado la frente? Aquel gesto reconfortante no casaba muy bien con ese hombre frío y hosco que la trataba mal. Sin embargo, no podía dejar de sentir un revoloteo en el estómago con solo pensar en ello. Sacudió la cabeza, mirándose en el espejo. Los pensamientos de ese tipo no acarreaban más que problemas. Y él ya le había dejado claro que detestaba tener que pasar un solo segundo a su lado. Además, ella sentía lo mismo. Tristan Garrett era un tipo arrogante, venenoso, grosero...

Lily soltó el aliento con brusquedad y se hizo una coleta con la goma que solía llevar en la muñeca; un mal hábito que solía escandalizar a Jordana, pero ella nunca había sido de las que se dejaban llevar por la moda y la ropa de diseño, a diferencia de su amiga, que trabajaba como encargada de compras en unos grandes almacenes. Lily se ponía cualquier cosa que ella le recomendara...

Se volvió hacia la puerta, agarró el picaporte y se detuvo un instante. Casi tenía miedo de volver a la guarida del león...

Tristan siguió a Lily con una fría mirada cuando regresó al despacho. Se había recogido el pelo, lo cual la hacía parecer más despeinada que antes, e increíblemente irresistible. Pero a él nunca le habían gustado las mujeres así... Las prefería bien educadas, con buenas maneras y arregladas. Todavía estaba molesto consigo mismo por haberle preguntado acerca de sus amantes,

como si fuera un novio celoso. Ella reparó de repente
en los refrescos que les había dejado la secretaria. Él
sabía que debía de estar hambrienta. Los agentes de
aduanas no debían de haberle dado nada de comer.

Al verla mirar de reojo hacia su bolso, no pudo evitar
la sonrisa. Por mucho que le fastidiara, no podía evitar ad-
mirar las agallas que tenía.

–No. No lo he tirado a la basura, aunque tampoco
había mucho que mereciera la pena guardar excepto
unas braguitas negras diminutas.

Ella le miró de repente, sorprendida, y Tristan tuvo
que preguntarse por qué había dicho algo así.

–No creo que sean de tu talla, pero puedes quedár-
telas, si quieres.

–Normalmente me gusta quitárselas a las mujeres,
no ponérmelas –le dijo él, disfrutando al ver la cara de
Lily.

Ella le atravesó con una mirada.

–Eso he oído –le dijo ella–. Pero yo me refería al uso
personal, no a... –bajó la vista y miró el conjunto de ta-
zas que tenía delante–. No importa. Supongo que una
de estas es mía, ¿no?

–Sí. Escoge la que quieras. No sabía si preferías café
o té, así que pedí las dos cosas.

Ella le miró como si no le creyera capaz de tantas
atenciones.

–Y sí que sé a qué te referías –añadió él.

Ella guardó silencio y se limitó a beberse el té que se
acababa de servir. Él la observó, fijándose en la forma
en que su boca se ceñía al borde de la taza.

–Me siento como si estuviera en *Sorpresa, sorpresa*
–Lily sonrió, escudándose detrás de la taza.

El comentario inesperado sirvió para distraerle, por
suerte.

–Aunque ya esperaba, por lo menos, uno o dos invitados más a estas alturas.

Tristan frunció el ceño, por ese comentario frívolo y por el deseo irrefrenable que sentía por alguien que ni siquiera le caía bien.

—Muy bien —dijo ella, ajena al tumulto de pensamientos que bullía en la mente de Tristan—. Supongo que no necesitas saber mi número de zapato, así que... ¿Por qué no me dices qué pasa ahora y...?

—No. No necesito tu número de zapato —dijo él, interrumpiéndola en mitad de la frase y echándose atrás en la silla—. Ya sé cuál es. Y también sé qué talla de vaqueros llevas, la del sujetador, y también qué clase de braguitas te pones.

—Estás invadiendo mi privacidad.

—Pues demándame —le dijo él.

Los ojos de Lily echaron chispas y Tristan disfrutó mucho con ello. Había conseguido hacerla enfadar, pero él no quería eso en realidad. No quería nada de ella.

Lily apretó los labios y trató de contener su temperamento. ¿Cómo se atrevía? Respiró hondo y se dijo que debía mantener la calma. Debía mostrarse educada y distante en todo momento...

De repente sonó el móvil de Tristan y él contestó enseguida. Se levantó de la silla y le dio la espalda, caminando hacia los ventanales. Le oyó hablar rápidamente acerca de una presentación, cambiando del inglés a otro idioma que no era capaz de identificar. Su inteligencia afilada se hacía evidente en un timbre de voz incisivo. De repente sintió que el estómago le crujía. Tomó un sándwich del plato y empezó a comérselo. Estaba abrumada por esa reacción tan fuerte que sentía hacia alguien que apenas la soportaba. Cada vez se le hacía más difícil lidiar con el estrés y la ansiedad.

Tristan terminó la llamada, se guardó el teléfono en

el bolsillo y caminó hacia su escritorio. Se agarró del respaldo de la silla y la miró fijamente.

–He de decir que te veo muy calmada para ser alguien que podría enfrentarse a veinte años de cárcel –le dijo en un tono burlón.

–Espero que el universo lo ponga todo en su sitio –dijo ella, contestándole de la misma forma, sin inmutarse.

–¿El universo? ¿El sitio donde están la Luna, las estrellas y la Tierra?

–No –Lily trató de no poner los ojos en blanco–. No como tú dices. El universo es como un campo de fuerzas, una energía que creamos para nosotros mismos y para otros. Creo que, si todos tenemos pensamientos positivos, entonces el bien siempre prevalecerá.

Tristan ladeó la cabeza como si se lo estuviera pensando en serio...

–Bueno, yo diría que ese universo tuyo debía de haberse ido a comer cuando pasaste por la aduana hoy, o quizá estaba en su puesto y eres culpable hasta la médula.

Lily cruzó los brazos y se mordió el labio superior.

¿Cómo podía ser tan arrolladoramente atractivo e insoportable a la vez?

–Yo también tengo fe en que las autoridades sepan lo que hacen –le dijo ella con altivez.

–Las autoridades solo quieren encerrar a alguien.

–Tratas de asustarme.

–Creo que ni siquiera Jack el Destripador te asustaría si llamara a tu puerta. A lo mejor no eres lo bastante lista como para ver los riesgos.

–Se le dan muy bien los insultos sutiles, lord Garrett, pero yo sigo pensando que los justos saldrán ganando al final.

–Qué bonito.

–¿Me estás llamando ilusa?

–Bueno, en realidad... sí.

–No espero que alguien como tú lo entienda.

–¿Alguien como yo?

–Alguien que cree que todo es blanco o negro, alguien que necesita pruebas tangibles antes de creer.

–Bueno, eso se llama vivir en el mundo real.

–Pero el mundo real no es siempre como parece.

Tristan emitió un sonido burlón.

–Creí haberte dicho que no estaba interesado en oír tus declaraciones de inocencia.

Lily arrugó los párpados y respiró profundamente por la nariz, haciendo acopio de toda su paciencia.

–Y, aunque esta conversación me está resultando de lo más interesante, tengo trabajo que hacer, así que preferiría que te terminaras el té y el sándwich en el sofá –se sentó y se volvió hacia el ordenador, echándola de su lado como a una sirvienta.

–En realidad, las acusaciones y las críticas no llegan a constituir una conversación, y no sería tan terrible si mostraras un poquito más de educación...

–¿Con qué fin? –le preguntó, sin siquiera levantar la vista de la pantalla del ordenador.

–Para... para... No lo sé. Solo para ser amable.

–Yo no soy amable.

Lily casi se rio.

–¿Sabes? Para ser alguien cuyo trabajo es comunicarse con otros, no se te da muy bien.

Eso sí que captó la atención de Tristan.

–Mi trabajo es la justicia, no la comunicación. Y será mejor que te andes con cuidado porque se me da muy bien.

Lily sacudió la cabeza. Tenía que contarle un par de verdades.

–A lo mejor eres una bomba en los tribunales, lord Garrett, pero a nivel personal eres un cobarde. Prefieres hacerme callar antes que tener una conversación constructiva conmigo.

–Eso es porque no quiero tener una conversación contigo, constructiva o no.

Lily levantó las cejas.

–Menuda forma de resolver un problema.

–No tengo... No. Espera... –empezó a tamborilear con impaciencia sobre el escritorio–. Sí que tengo un problema. Rubia, un metro sesenta, y no para de hablar.

Lily se quedó boquiabierta y apretó la lengua contra los dientes superiores para no sucumbir a la tentación de contestarle.

–Supongo que te crees que me tienes en un puño, ¿verdad, Tristan? –su voz estaba llena de emoción–. Para ti no soy más que una celebridad sin cabeza que se droga y se acuesta con cualquiera para conseguir papeles.

–Bueno, no si te estás acostando con ese muñeco tailandés. Supongo que él te puede conseguir un montón de papeles –se echó hacia atrás en la silla y cruzó los brazos por detrás de la cabeza.

Lily aguzó la mirada y le señaló con un dedo acusador.

–Puede que tengas un informe exhaustivo sobre tu escritorio, pero no sabes nada de mí. Absolutamente nada.

–Sé todo lo que tengo que saber.

Lily sacudió la cabeza. Estaba malgastando su tiempo intentando hablar con él. Ya la había juzgado y sentenciado mucho tiempo antes. Se cruzó de brazos y se rindió; que pensara lo que quisiera de ella.

–¿Sabes? Menos mal que no eres mi abogado porque te despediría en este momento.

–¿Despedirme? –soltó una risotada–. Cariño, yo no aceptaría un caso como este aunque me lo sirvieran en bandeja de plata –se incorporó y la miró con toda la soberbia que lo caracterizaba–. Porque sé lo que eres... Honey Blossom Lily Wild... ¿O es que has olvidado lo que pasó en la fiesta de cumpleaños de Jordana hace seis años?

Lily se puso tensa. Ahí radicaba su auténtico odio por ella.

–¿Sabes una cosa? –le espetó, intentando calmarse–. Podría hacer una película con todas las cosas que no sabes, imbécil ignorante, y se convertiría en un clásico automáticamente.

–¿Imbécil ignorante?

Se levantó de golpe y rodeó el escritorio.

Lily sintió que el corazón le daba un vuelco. No creía que fuera a hacerle daño, pero, aun así, las ganas de salir corriendo eran más fuertes que nada.

Se detuvo justo delante de ella, los puños cerrados.

–Veamos... –le dijo en un tono feroz. Se inclinó sobre ella y la acorraló apoyando las manos sobre los reposabrazos–. Intentaste esconder un porro bajo el colchón de mi hermana cuando tenías catorce años... La llevaste a esas fiestas clandestinas en la ciudad, cuando erais menores de edad, y armaste un escándalo la noche en que cumplió dieciocho años... Esnifando cocaína sobre el escritorio clásico Giotto de setecientos años de mi padre. Y hoy se te ocurrió meter un cargamento de pastillitas por Heathrow... –se acercó más–. Dime una cosa, cielo, ¿sigues pensando que no sé nada de ti?

Lily sintió el duro respaldo de la silla contra la columna vertebral. Se humedeció los labios. Podía explicarle todas esas cosas, pero él no estaba buscando una explicación... Y ya se estaba cansando tanto de su grosería que sentía ganas de pegarle.

–¿Qué? ¿Te ha comido la lengua el gato? ¿No me vas a explicar nada acerca de ese día en que entré en el despacho de mi padre y me encontré con un grupo de idiotas desarrapados, mi hermana incluida?... Y tú estabas inclinada sobre el escritorio, con un billete de cincuenta enrollado en la mano... Y ese idiota con el traje de Armani, parado detrás de ti, como si quisiera comerte. Vaya novedad.

Lily se sonrojó al oír tanta insolencia y palabras soeces.

–Por Dios, ¿por qué iba a besarte si...? Oh... –se detuvo de golpe y asintió–. Crees que después de besarte me fui con él, como una fulana –sacudió la cabeza como si fuera realmente tonta–. Lo siento. Es que soy un poco espesa. Deberías añadir lo de «rubia tonta» a mi lista de atributos. Eso es si no lo has hecho ya. Claro.

Moviéndose ágilmente, Tristan la agarró de los brazos y la hizo ponerse en pie.

–Deja... ya... de... intentar... darme... pena. Lo has intentado. Pero no ha salido bien. Supéralo.

Lily trató de soltarse las manos, pero fue inútil. Le fulminó con una mirada.

–No sé qué me hizo pensar que podría razonar contigo –le espetó. Un chorro de adrenalina corría por sus venas–. ¿Sabes una cosa? Al diablo. Lo único que haces es juzgarme y ya he tenido bastante. Nunca te has molestado en averiguar la verdad cuando se trata de mí y... ¡Ah!

Tristan la agarró con fuerza y la atrajo hacia sí. Le dio un beso. Sabía a rabia e impotencia, y a algo más... Después de unos segundos de forcejeo, dejó de luchar. Su mente se cerró y su cuerpo y su corazón tomaron el control...

Tristan supo que había sido un error nada más hacerlo, pero... No podía evitarlo. Ella le empujó y trató de apartar la boca, pero él la sujetó de la nuca con fuerza. Una voz que hablaba desde un rincón de su mente le recordaba que él no era de los que se comportaban así, que no acorralaba a las mujeres de esa forma como un cavernícola. Pero ya era demasiado tarde. Llevaba todo el día añorando su sabor y algo más primitivo que la lógica se había apoderado de él. Ella gimió, le empujó en los hombros y él aflojó enseguida la presión en su boca. Tenía que parar. En realidad odiaba a esa mujer cuyos labios parecían de terciopelo. Justo cuando tenía oportunidad de apartarse, ella le clavó las uñas en los hombros, atrayéndolo hacia sí, y entonces Tristan supo que estaba perdido.

Aflojó la mano con la que le sujetaba la cabeza y con la otra la agarró del trasero. En ese momento le daban igual las fiestas y las drogas. Estaba satisfaciendo una urgencia que había empezado seis años antes y que había empeorado mucho de repente. De repente sintió un gruñido que crecía en su interior. Los labios de Lily se movían bajo los suyos; la deseaba tanto... Le dolía el cuerpo de tanto desearla... Y a juzgar por la forma en que ella se aferraba a su camisa, debía de sentir lo mismo.

–Abre la boca, Honey –le dijo–. Necesito probar tu sabor.

Ella obedeció al instante... Sabía mejor de lo que recordaba. Un placer repentino e inesperado le atravesó como un rayo. Ella era como un baño de miel para sus sentidos. Le recordaba por qué se desataban guerras por una mujer...

Y entonces ya no pudo pensar más. Ella le metió la lengua en la boca, poniéndose de puntillas para llegar más adentro.

Tristan deslizó las manos sobre sus pechos, recorriendo su contorno y apretándole las caderas contra su poderosa erección. Ella gimió y se acercó aún más, enredó las manos en su pelo... Él le apartó la rebeca y empezó a masajearle los pechos con ambas manos. Ella se arqueó contra él y él le pellizcó los pezones. Era tan agradable oír sus gemidos de placer... Deslizó los labios por su cuello y respiró profundamente, metiéndole la mano por dentro de la banda elástica de los leggings hasta agarrarla del trasero. Su piel era increíblemente suave, caliente... Ya no podía parar. Llevaba mucho tiempo deseando que llegara ese momento y sabía que cuando la tocara entre las piernas, ella estaría húmeda, preparada...

De repente se oyó el estridente sonido del interco-municador. Tristan se echó atrás de un salto, casi como si le hubieran dado una patada.

–Tristan, ya sé que no querías interrupciones, pero es Jordana por la línea uno. Y amenaza con tomar acciones legales si no atiendes la llamada –la voz jocosa de su secretaria sonó alto y claro, atravesando la nebulosa de los latidos de su corazón–. ¿Tristan?

–Muy bien –dijo él–. Dile que la atiendo en un minuto.

Lily parpadeó un par de veces. Tenía las manos sobre el pecho, la vista baja y los labios hinchados por los besos. Él sacudió la cabeza ante su propia estupidez. No era ningún jovenzuelo con la cabeza loca a merced de las hormonas. ¿Em qué estaba pensando?

La vio sonrojarse poco a poco. No sabía si era a causa del deseo, o de la vergüenza.

–Maldita sea –dijo, retrocediendo hacia el escritorio y mesándose el cabello–. No vamos a hacer esto. Y tú ya no vas a volver a mirarme con esa carita sexy de «ven aquí». ¿Quieres saber qué pasa después? Yo te lo diré. Te sientas ahí en ese sofá, sin moverte. Ni hablas, ni te quejas. Lo único que puedes hacer sin mí es ir al cuarto de baño, y, si en algún momento llego a pensar que estás haciendo algo malo ahí dentro, también pierdes ese privilegio. ¿Está claro?

–Cristalino –le dijo ella en un tono fiero, alisándose la ropa y apretándose bien la rebeca.

Se humedeció los labios un poco. Levantó la barbilla y le miró fijamente. Sus ojos brillaban...

–¿Sabes una cosa? Jordana cree que eres uno de los buenos, pero... No sabe cuánto se equivoca.

Capítulo 6

TRISTAN estaba sentado delante de su hermana en uno de los restaurantes más exclusivos de Londres, tratando de no pensar en ese último comentario de Lily. Jordana tenía razón... Él era uno de los buenos, y no sabía por qué se juntaba con una actriz de medio pelo. Pero ella había tejido un hechizo a su alrededor... Había tenido oportunidad de observarla durante toda la noche, en compañía de Oliver y de su hermana. Y no podía negar que ya empezaba a cuestionarse su primera impresión. Había algo tan terrenal y genuino en ella; algo que carecía totalmente de artificio. Lo había notado por primera vez cuando se había puesto a hablar con su asistente personal y con tres de sus procuradoras. No había tratado de quitárselas de encima, ni tampoco las había mirado por encima del hombro. Se había mostrado agradable y cálida, y las había llamado por su nombre de pila; algo que ninguna diva drogadicta hacía. No podía creer que se hubiera equivocado tanto con ella, pero tampoco podía ignorar ese sexto sentido que le decía que había algo que no encajaba. La policía le había dicho que el alijo encontrado en su bolso no era para consumo personal, pero Lily no parecía la clase de persona que trabajaría para un cartel de la droga, y tampoco era que le hiciera falta dinero precisamente. Aunque no quisiera reconocerlo, existía la posibilidad de que fuera inocente. Podían haberle tendido una trampa, o haberla utilizado como mula sin ella saberlo. O quizá le llevaba las drogas a su amante...

Desafortunadamente, los langostinos pochados con miso, el plato especial de Élan, no le había quitado su sabor de la boca. Y tampoco podía sacársela de la cabeza.

Lily se movió en el asiento y, por enésima vez, Tristan deseó que se estuviera quieta. Les habían dado una mesa en una esquina, con vistas a Hyde Park. A su alrededor estaba la flor y nata de la clientela del restaurante, pero todos parecían estar pasándoselo mucho mejor que él. Las risas y los perfumes más exquisitos se propagaban por el aire, y también el sonido de la cubertería de Limoges China, pero nada conseguía desviar su atención. Agarró su copa, bebió un trago de Mouton Rothschild Medoc de 1956 y trató de no mirar a Lily mientras se llevaba la última cucharada de helado a la boca, como si fuera un caviar de 1000 libras la onza. Miró a Oliver, que en ese momento hablaba de sus bárbaros ancestros escoceses y de alguna batalla que sin duda debían de haberles ganado a los ingleses. Su amigo tenía mucha labia; de eso no había duda. ¿Cómo era posible que no se hubiera dado cuenta hasta ese momento? Lily se inclinó hacia delante y se rio, pero Tristan se resistió a mirarle el escote que le marcaba la blusa de seda. Se preguntaba dónde habría dejado esa rebeca enorme que llevaba.

Al llegar a casa de Jordana, antes de la cena, su hermana y ella se habían abrazado durante una eternidad, llorando y riendo al mismo tiempo. Después se había ido a dar una ducha y había regresado vestida con una blusa roja, unos vaqueros pitillos y unos botines hasta el tobillo. Todo se lo había dado su hermana. Llevaba el pelo bien cepillado y le caía sobre la espalda, ondeándosele suavemente. Se había puesto un sujetador, rosa, de balconcillo... aunque hubiera sido mucho más feliz sin saberlo, porque tenía unos pechos preciosos y no podía evitar preguntarse cómo serían desnudos.

—Fue amor a primera vista.

Las palabras de Jordana retumbaron en su cabeza y le devolvieron a la conversación.

¿De qué estaba hablando su hermana? La miró. Ella miraba a su prometido, no a él.

—Eso es una tontería —dijo Oliver—. Me llevó un mes de charla contigo hasta que me ayudaste a comprarles un regalo de aniversario a mis padres. Y solo entonces accediste a tener una cita conmigo.

—¡No estaba hablando de mí! —Jordana se rio y entonces soltó un grito cuando Oliver le agarró la pierna por debajo de la mesa.

Lily se rio con sus excentricidades. Su risa era un sonido suave y musical que se cernía sobre él como una telaraña.

—Cuidado —dijo, hablándole a Oliver, pero también a sí mismo—. Todavía sigue siendo mi hermanita, ¿sabes?

—Deja de quejarte, aguafiestas —le contestó Oliver—. Estás celoso porque no encuentras a nadie que te aguante.

—Ah, ¿pero es que nadie te lo ha dicho, amigo mío? Un hombre no sabe lo que es la felicidad de verdad hasta que se casa. ¡Y para entonces ya es demasiado tarde!

Jordana hizo una mueca.

—Oh. Ya, ya... Un día te enamorarás. En cuanto saques las narices de esas biblias de leyes y dejes de salir con mujeres que no te convienen en absoluto.

—A mí me pareció que esa modelo de trajes de baño sí que me convino.

—Esa modelo de trajes de baño parecía un palo —dijo Jordana con contundencia—. O más bien un palo con dos globos.

—¿Lady Sutton? —preguntó Oliver.

–Mmm. Buen pedigrí, pero...

–Sigo aquí, ¿sabes? –murmuró Tristan–. Y os lo agradeceré mucho si no os metéis en mis asuntos personales. No hay nada peor que dos personas que creen que el amor puede con todo, intentando convencer a dos solteros felices para que se tiren por el mismo precipicio... ¿Y qué me dices de ti, Lily? ¿Alguna vez has estado enamorada? –le preguntó, mirándola con una sonrisa.

Ella le fulminó con unos ojos que echaban chispas.

¿Por qué le había preguntado eso Tristan? Llevaba toda la noche ignorándola, y cuando por fin le hablaba, solo era para preguntarle algo que no tenía intención de contestar.

–Oh, Dios, ¿cuánto tiempo tienes? –le preguntó Lily en un tono bromista, tratando de encontrar una manera de cambiar de tema. Era mejor hablar de dinero que de amor.

–El tiempo que haga falta –contestó Tristan en un tono amable.

Ella le lanzó una mirada helada y le dio las gracias al tiempo que el camarero le rellenaba el vaso de agua.

–Bueno, veamos... –Lily hizo una pausa, evitando la mirada de Jordana. Contó con los dedos–. Primero fue Clem Watkins, y después Joel Meaghan. Después...

–Querrás decir Joel Major. ¿Y Clem? ¿El del gimnasio? –le preguntó Jordana, riendo–. Tenía la nariz como si le hubieran dado con un palo de hockey, y creía que la capa de ozono era un juego de ordenador.

Lily esbozó una sonrisa plástica.

–Tenía buenos dientes, y se dio cuenta de lo de la capa de ozono enseguida.

–Después de que todo el mundo se riera. Pero ¿cómo te enamoraste de ellos? Si no saliste con ninguno...

Ese, sin duda, era uno de los problemas de las respuestas improvisadas, de las mentiras piadosas... Se cometían errores fácilmente. Acababa de olvidar que su mejor amiga también estaba sentada a la mesa y que conocía todos sus secretos adolescentes.

–No me interesan tus amores del instituto, Lily –dijo Tristan, interrumpiéndola bruscamente–. Sí que quiero irme a casa hoy. Hablemos de hombres de los que sí has estado enamorada.

–Mejor no –dijo ella, esbozando una de sus sonrisas más enigmáticas–. Te aburrirías mucho.

–Compláceme –dijo él, insistiendo al tiempo que deslizaba la mano por el respaldo del asiento.

Su tono de voz era cada vez más impaciente.

–¿Quién es el amor de tu vida ahora mismo?

Le rozó un hombro accidentalmente. El calor de su mano penetró a través de la blusa de Lily como si fuera hielo seco. Ella se echó adelante y fingió haber estado a punto de volver a poner el vaso de agua sobre la mesa.

Lo había hecho a propósito. A Lily no le cabía la menor duda. Al ver esa sonrisita cómplice, sintió una llamarada de ira.

–Oh, no seas tonto –le dijo, dándole una palmadita en el muslo, lo más arriba posible–. Ya sabes todo lo que necesitas saber de mí. ¿Recuerdas?

Al ver que Tristan se retraía un poco, no pudo evitar sentir una descarga de placer.

–Yo pensaba que me creías equivocado al respecto –dijo él, sonriendo como un demonio y poniendo su mano sobre la de ella, atrapándola–. Siempre he creído que es mejor ir directamente a la fuente cuando quieres averiguar algo.

La sonrisa de Lily se congeló y los músculos de acero de Tristan se contrajeron. Ella pudo sentirlo bajo la palma de su mano.

Él la miró fijamente. Ella apartó la vista hacia las luces intermitentes del parque y entonces volvió a mirarle.

–Muy bien pensado –le dijo ella, clavándole las uñas en el muslo una vez más antes de apartar la mano.

Había querido ponerle en su sitio, pero no había funcionado. Él echó atrás la cabeza y se echó a reír, emitiendo un sonido masculino y estridente que en ese momento la enervaba sobremanera.

Jordana y Oliver estaban perplejos.

–Esa es la clase de tipo que soy –le dijo Tristan, sonriendo. Agarró su copa de vino y, sin dejar de sostenerle la mirada ni un momento, deslizó el dedo pulgar por el borde.

–Eso ha sido un chiste privado, ¿no? –dijo Jordana.

–No lo sé –dijo Lily–. A mí no me ha parecido nada gracioso.

–Bueno, sea como sea, ahora estoy mucho más confundida –Jordana ladeó la cabeza–. ¿Estás viendo a alguien, Lil, o no?

Lily vio curiosidad en el rostro de su amiga y deseó poder rebobinar los minutos anteriores. Jordana se había vuelto de repente demasiado inquisitiva y sin duda empezaría a agobiarla con eso de que trabajaba demasiado duro para acabar diciéndole que tenía que salir más.

–No –suspiró y entonces sintió cómo la observaba Tristan con esa mirada escéptica–. A nadie importante.

–Bueno, bien –dijo Jordana–. Porque, como Tristan, nunca has tenido mucha suerte con las parejas a las que escoges. Pero... –levantó el dedo índice justo cuando Lily la iba a interrumpir–. Como eres mi mejor amiga, he decidido ayudarte.

–¿Cómo?

Nada daba más miedo que Jordana haciendo de Celestina.

–Ah, no te lo pienso decir. Solo te digo que te tengo una sorpresita durante la fiesta de la boda –Jordana le lanzó una mirada cómplice a su futuro marido.

Lily ni siquiera se molestó en sonreír.

–Jordana, ¿qué te traes entre manos?

–Bueno, no seas así. Sé lo duro que has trabajado durante los últimos años y ya es hora de que te sueltes un poco. Mira a tu alrededor, Lil –señaló la fila de mesas cubiertas de manteles blancos con la copa en la mano–. Diviértete un poco, igual que los demás.

Lily le hizo una mueca. Jordana sonaba como su antigua terapeuta, y eso daba miedo.

–Jordana, empiezas a asustarme. Y, aunque odie tener que estar de acuerdo con Tristan, creo que estás ciega de amor. Estoy muy bien como estoy. No quiero una relación. Me gusta estar soltera.

–Solo quiero darte un poco de munición, Lily. Pero no tienes que disparar directamente. Bueno, ¿y si nos tomamos un té para terminar?

–Deberíamos irnos. Lily está cansada –dijo Tristan.

Lily le miró, sorprendida de que se hubiera dado cuenta. Sí que estaba cansada, pero estaba dispuesta a hacer cualquier cosa para prolongar la velada con tal de no verse a solas con él.

–No. No lo estoy –sonrió de oreja a oreja–. Y no me gusta irme nunca sin tomarme un té de menta.

–Yo también me tomaré uno –dijo Jordana.

Tristan y Oliver levantaron las manos al mismo tiempo para llamar al camarero. Lily no pudo evitar reírse. El camarero les tomó nota y Lily se disculpó un momento para ir al servicio. Tristan frunció el ceño al verla levantarse, y ella supo exactamente lo que estaba pensando.

–Sé bueno y cuídame el bolso, ¿quieres? –le dijo. Empujó el bolsito hacia él y disfrutó mucho al ver cómo le brillaban los ojos de pura rabia.

Le estaba bien empleado por haberle hecho una pregunta tan personal.

–¡Lily! Hola.

Lily levantó la vista hacia el espejo que estaba sobre el lavamanos y se encontró con una actriz con la que había rodado un par de años antes.

–Sabía que eras tú. Summer Berkley. Trabajamos juntas en *Honeymooner*.

–Sí. Me acuerdo –Lily se secó las manos.

Summer era la típica actriz de Los Ángeles, con un bronceado perfecto, enormes pechos, nada de caderas y el pelo de peluquería. Pero tenía buen corazón y un talento genuino que finalmente la haría llegar lejos.

Charlaron durante unos minutos y cuando Lily se dio cuenta de que tenía que regresar antes de levantar sospechas, echó a andar hacia el corredor.

De repente se topó con Tristan. Estaba apoyado en la pared opuesta, con los brazos y las piernas cruzadas.

–Oh, hola –dijo Summer, que iba justo detrás de ella.

–¿Nos estás esperando? –Lily puso los ojos en blanco.

–Digamos que sí –Tristan le sonrió a la pelirroja Summer con interés.

Lily decidió que no estaba dispuesta a quedarse a ver cómo Tristan le tiraba los tejos a otra mujer, pero cuando quiso pasar por su lado, él la agarró de la cintura de forma traicionera. Ella se puso tensa y miró a Summer. La pelirroja frunció los labios, decepcionada, y siguió de largo.

–Lo siento, lord Garrett. ¿Tardé más de los treinta segundos que me correspondían? –murmuró Lily, apartándose.

Tristan la soltó y levantó el teléfono móvil.

–Tuve que atender una llamada. Pero, sí, en realidad sí que has tardado más. Y deliberadamente. No me cabe duda.

–Bueno, ¿y por qué iba a hacer eso?

–Oh, no lo sé –la sonrisa no le llegó a los ojos–. ¿Porque te gusta fastidiarme?

–En absoluto –le dijo Lily, mirándole con la barbilla

bien alta–. ¿Te importa? –le dijo, mirando hacia el salón del restaurante.

–¿Por qué no quieres decirme con quién sales ahora?

Lily se quedó mirando su barba de medio día y se preguntó si sería dura o suave.

–Si te ignoro, ¿te vas? –le preguntó, esperanzada.

–No.

Ella suspiró.

–¿Y si te digo que no es asunto tuyo?

–¿Es famoso?

–No.

Tuvo que dar un paso hacia Tristan para dejar pasar a dos mujeres, pero entonces retrocedió rápidamente.

–¿Casado?

–¡No!

–¿Le conozco?

Lily soltó el aliento. No entendía por qué insistía con ese tema. Ya empezaba a sonar como un amante celoso. Pero eso era absurdo. Ni siquiera le gustaba...

–No es asunto tuyo –le repitió, cruzando los brazos.

–Desafortunadamente para ti, todo lo que te pase a partir de ahora es asunto mío.

Lily sacudió la cabeza.

–No veo por qué. No eres mi abogado. Y la pregunta es irre...

Dio un grito al sentir que Tristan la agarraba del codo. Él tiró de ella bruscamente para quitarla del medio e impedir que se tropezara con la gente que se dirigía al aseo. La condujo a una pequeña esquina y se detuvo delante de una puerta cerrada. Estaban lo bastante cerca como para que Lily pudiera sentir el calor y la rabia que manaba de él, de su cuerpo musculoso.

–Si metiste esas drogas en el país para otra persona, y a ese imbécil se le ocurre acercarse a ti mientras estés bajo mi custodia, podría meterme en un lío. Arruinaría mi reputación y mi carrera, y me podrían llegar a imputar... así que lo relevantes o irrelevantes que te parezcan mis preguntas es algo que carece de relevancia para mí.

El corazón de Lily empezó a latir con más fuerza. Por eso la había estado sondeando antes... Tenía razón. No estaba interesado en ella como persona. ¿Cómo había podido llegar a pensar que podía gustarle? Castillos en el aire... Tragó en seco. No quería pensar demasiado en ello, porque no estaba dispuesta a seguir llevándose una decepción cada vez que él la despreciaba y le demostraba lo mal que pensaba de ella. Miró a su alrededor rápidamente y se dio cuenta de que estaba atrapada entre una especie de armario y el cuerpo de Tristan. Tendría que empujarle para poder regresar al salón. Durante una fracción de segundo pensó en ignorarle sin más, pero sabía lo que pasaría después. Meterse con un tigre nunca era buena idea.

—No fui la mula de nadie. Y no sé de quién son las drogas, ni cómo terminaron en mi bolso. Y, aunque muchos lo crean, no tengo novio ahora mismo. Siento decepcionarte en ese sentido.

Tristan la miró con un gesto enigmático, intenso. Parecía molesto, intimidante, igual que aquella vez, cuando la había echado de la casa de su familia.

—¿Qué pasó en el despacho de mi padre hace seis años? —le preguntó de repente.

—Me echaste de tu casa y me dijiste que no volviera a contactar con Jo.

—Pero tú hiciste caso omiso.

—¿De verdad esperabas que no volviera a hablar con ella? —exclamó.

Los labios de Tristan se curvaron suavemente, como si encontrara divertida la pregunta, pero sus ojos permanecieron duros.

—Claro que lo esperaba. Pero eso ya no tiene remedio. Y no es eso lo que preguntaba y lo sabes.

Le estaba preguntando por aquella fiesta privada, durante el cumpleaños de Jordana. Si su hermana no le había dicho ya que ella misma había sido la instigadora de la reunión, no podía traicionar su confianza, y mucho menos después de tantos años.

—No tiene sentido remover el pasado.

—Bueno, qué pena. Pero yo sí tengo ganas de hacerlo.

—Tienes razón. Qué pena, porque yo no.

—Antes fuiste lo bastante lista como para hablar –Tristan arrugó el entrecejo.

—Y tú me dejaste claro que era una mala idea, así que ahora te doy la razón.

—Cuidado, Lily. Ya es la segunda vez que estás de acuerdo conmigo. No quiero que se convierta en un hábito.

Lily se inclinó hacia delante y cerró los puños.

—Bueno, hay algo más en lo que estoy de acuerdo contigo. Tenemos que poner reglas antes de seguir adelante, y esa actitud de machito que todo lo controla no viene al caso, y mucho menos en público.

—¿En serio?

—Sí, en serio –Lily levantó la barbilla, ignorando el brillo burlón que había en sus ojos–. Y la primera regla es que lo que pasó en tu despacho no puede repetirse.

—Bueno, sabía que ibas a decir eso.

—Ya... ¿Estarás usando por fin ese extraordinario intelecto tuyo?

—No finjas que no lo querías. Llevas todo el día comiéndome con los ojos, desde que te recogí esta tarde.

—¡Oh! –Lily olvidó que estaban en un sitio público–. ¡Eres de lo que no hay!

—Eso me dicen.

—No me extraña. Tienes buena fama de mujeriego, pero, si crees que me voy a unir a esa larga lista de gatitas, lo llevas claro.

—No jugabas así hace seis años.

–Hace seis años era demasiado joven como para saber lo que tenía que hacer, y no olvides que estaba más colocada que otra cosa –le dijo, mintiendo para hacerle rabiar.

–Bueno, puede ser –le dijo él, fulminándola con una mirada–. Pero en mi despacho no estabas drogada, y a juzgar por la forma en que te me echaste encima, no hubieras parado hasta tenerme dentro de ti.

Lily contuvo el aliento.

–Estás delirando.

Tristan avanzó. Lily retrocedió todo lo que pudo. El picaporte del armario se le clavó en la espalda.

–¿Es eso un desafío? –le preguntó él.

–¡No!

–Oh, sí.

Apoyó las manos a ambos lados de su cabeza y se inclinó sobre ella hasta que sus labios quedaron a un milímetro de distancia. Podía sentir el calor de su aliento sobre los labios.

El corazón de Lily le retumbaba en la cabeza, y un hormigueo le bajaba por el vientre. Por mucho que lo intentara, no podía resistirse al magnetismo animal que tiraba de ella.

Tristan la miró durante unos segundos que parecieron una eternidad.

–Oh, sí. Definitivamente es un desafío.

Se apartó de ella, bajó las manos. Su expresión no revelaba nada.

–Pero, aunque seas maravillosa, no estoy interesado, así que vete a jugar a ese juego a otra parte.

Capítulo 7

EL VIAJE hasta la casa de Tristan fue de lo más tenso. Lily seguía furiosa por la humillación que había estado a punto de pasar antes, cuando casi le había besado. Tragó con angustia y miró por la ventanilla. Los anuncios de neón se sucedían a medida que el Mercedes avanzaba, recorriendo el camino entre Park Lane y Hampstead Heath, una de las zonas más prestigiosas de Londres. ¿Cómo se atrevía a decirle que no estaba interesado en ella? Como si eso le importara en lo más mínimo...

Y en su despacho sí que había estado interesado; interesado en el sexo, por lo menos... Ella jamás hubiera dejado que las cosas llegaran a eso, pero en su interior sabía qué era lo que trataba de decirle. No era su tipo. La creía atractiva, pero nada más. Frank Murphy, su padrastro, siempre la había advertido acerca de los hombres como Tristan.

«Cuando vean esa carita y ese cuerpo, créeme que no les importará en absoluto tu personalidad. Les das lo que quieres, y te ganarás la fama de ser una chica fácil».

Como su madre... Aunque no había pronunciado nunca esas palabras, Lily sabía que estaban ahí. Su madre se dejaba gobernar por los deseos, o más concretamente por su deseo por Johnny Wild, pero ella no era así. Y esa era una de las razones por las que no soportaba lo que sentía por Tristan. Había jurado no volver a caer en las manos de hombres inalcanzables, pero no hacía más que caer en sus trampas. Suspiró y se recostó contra el respaldo. Ojalá no hubiera vuelto a Inglaterra después de tanto tiempo. Nunca debería haberle dicho a Jordana que iría a su boda.

Afortunadamente, sus nocivos pensamientos pararon en cuanto el coche se detuvo. Estaban delante de la enorme verja de hierro forjado. Lily contempló la mansión de piedra, iluminada por discretas luces exteriores. Parecía que casi tocaba el firmamento.

El coche avanzó y entró en un aparcamiento subterráneo en el que también había una moto, un cuatro por cuatro y un flamante deportivo rojo. De repente se sintió atrapada. Se puso tan tensa que salió del coche antes de que se hubiera detenido del todo. Tuvo que sujetarse del techo del vehículo para no perder el equilibrio.

Tristan apretó los labios, pero no dijo nada. Ella le siguió hasta el ascensor.

Un ascensor en una casa como esa...

–La casa era de una pareja de ancianos –le dijo Tristan, notando su sorpresa.

Lily no dijo nada. Estaba agotada emocionalmente y el jet lag empezaba a pasarle factura. Debían de ser cerca de las cinco de la mañana en Bangkok, lo cual significaba que había estado despierta toda la noche. Casi dio un traspié cuando se abrieron las puertas del ascensor.

Tristan masculló un juramento y quiso agarrarla, pero ella tropezó tratando de evitarle.

–No seas tonta –le dijo él al tiempo que ella le apartaba con el codo.

–No quiero que me toques –le espetó ella, metiéndose en un rincón del ascensor y mirándole los zapatos.

–Muy bien. Cáete entonces –le dijo él en un tono burlón, yendo hacia el otro lado.

–Tienes que dejar de hacer eso.

Ella levantó la mirada y le miró por debajo de unas largas pestañas negras.

–¿De respirar? –le dijo ella, cruzando los brazos sobre el pecho.

Él apenas pudo resistir las ganas de sonreír. Ella apartó la vista y se mordió el labio superior. Las puertas del ascensor se abrieron y Tristan salió. Dejó las llaves en una mesita que estaba en el vestíbulo y se dirigió hacia la escalinata de mármol. Vio que Lily miraba a su alrededor, contemplando las obras de arte de las paredes, el lujo que la rodeaba... Era una casa moderna y elegante, decorada con piezas eclécticas que había adquirido a lo largo de sus viajes.

Se detuvo delante de la habitación que el ama de llaves le había preparado.

–Esta es tu habitación. La mía está al final del pasillo.

Abrió la puerta y se echó atrás para dejarla entrar. De repente sintió su aroma...

–Como puedes ver, tus maletas ya están en el vestidor y el cuarto de baño está justo aquí –abrió otra puerta y encendió la luz–. El ama de llaves te preparó la habitación, así que deberías tener todo lo que necesitas.

Ella no dijo ni una palabra. Se quedó allí, de pie, junto a la enorme cama, asiendo el bolso con ambas manos.

–Tendrás que enseñarme el bolso antes de que me vaya.

–¿Para qué? –ella volvió a mirarle.

Había pasado mucho tiempo en el aseo con aquella rubia de labios de silicona, y a lo mejor la chica le había pasado algo. A lo mejor ya lo había consumido a esas alturas, pero a la mañana siguiente tenía una entrevista con un inspector de Scotland Yard, y no quería arriesgarse.

–El bolso.

–Ya sabes qué contiene. ¿Recuerdas?

–Pero eso fue antes de que fueras al aseo en el restaurante con tu amiga.

–Oh, vamos... No es que haya planeado encontrár-mela.

Tristan extendió el brazo hacia ella y Lily le entregó el bolso como si fuera un proyectil.

–Toma. Y buena suerte.

Tristan se le acercó un poco y echó el contenido del bolso en la cama. No había mucho excepto cosméticos y un monedero. Miró dentro del monedero y volvió a tirarlo encima de la cama.

–Y ahora tú.

Ella no se movió. Un segundo después supo lo que le estaba pidiendo.

–Dime que es una broma.

–Tal y como yo lo veo, podemos hacerlo de dos ma-neras. O bien te registro, o te quitas la ropa.

Ella soltó el aliento y apoyó las manos en las cade-ras. Su mirada, cuando por fin le miró, era de hielo.

–¿Es así como te diviertes? ¿Obligando a mujeres inocentes a hacer lo que tú quieras?

–Yo no quería esto –dijo mirándole el escote–. Pero es mi casa. Son mis reglas, así que... extiende los bra-zos.

Fue hacia ella y ella retrocedió. Se topó con la mesita de noche. Le miró a él y después hacia la puerta del dor-mitorio, como si quisiera echar a correr hacia la salida.

–Estoy limpia. Te lo prometo.

–No lo hagas más difícil –se detuvo frente a ella.

Lily se sonrojó violentamente. Transcurrieron unos segundos... Y entonces, por fin, extendió los brazos.

–Adelante. No me das miedo.

Tristan dio un paso adelante. Quería terminar con ello cuanto antes. No quería tocarla de esa manera. La agarró de las muñecas y deslizó las manos a los largo de sus brazos.

–Mi padrastro me advirtió sobre los hombres como tú.

–¿Sí? –le rodeó los hombros y le tocó la nuca. La sintió estremecerse.

–Eso es. ¡Oh! –contuvo el aliento al sentir sus manos sobre la caja torácica. Un segundo después esas mismas manos le estaban tocando los pechos. Los pezones se le endurecieron.

–Sigue hablando –dijo él, bajando las manos por su torso. Era más fácil ignorar lo que estaba haciendo si la oía hablar–. Me estabas diciendo algo sobre los hombres como yo.

Se arrodilló frente a sus pies y le bajó la cremallera de una de las botas.

–Sí –dijo ella–. Los hombres que solo quieren una cosa de una mujer y que después las tiran a la basura cuando han terminado con ellas.

–Supongo que «esa cosa» es sexo, ¿no? –dejó la bota a un lado y le bajó la cremallera de la otra.

–Sí –le espetó ella con desprecio–. Eso es.

Tristan levantó la vista y se la encontró mirando al techo.

–No lo estoy disfrutando, aunque no lo creas –le dijo él con reticencia–. Pero no suelo codearme con criminales, así que vas a tener que disculpar mi actual modus operandi.

–No te disculpo nada.

–Y... –él se detuvo. De repente había perdido el hilo por completo al llegar a esa parte de su cuerpo que tanto deseaba tocar, probar... ¿Estaría tan excitada como él? ¿Húmeda quizás?

Hizo un esfuerzo por dejar la mente en blanco y deslizó las manos por una de sus piernas, recordando por fin lo que estaba a punto de decir.

–Y nunca se me ha quejado ninguna mujer.

–Eso no es cierto. Recuerdo haber leído algo sobre esa chica. Esa modelo que decía que la habías engañado, haciéndola creer que estabas enamorado o algo así... que no serías capaz de reconocer el amor aunque te golpeara... No. Decía que no serías capaz de reconocer el amor aunque te dieras de bruces con él.

–Puede opinar lo que quiera, pero no fue mi culpa que se enamorara de mí. Sabía exactamente en qué clase de relación se estaba metiendo, y el amor nunca fue parte del trato.

–Chica tonta –Lily cruzó los brazos sobre el pecho y miró a cualquier parte para no mirarle a él–. No sabe la suerte que tuvo. Personalmente, no conozco a ninguna mujer en pleno juicio que pudiera creerse enamorada de ti.

–Desafortunadamente sí que ocurre. Pero las mujeres se enamoran de muchas cosas, y no suele ser del hombre que tienen delante.

Y en él solían ver un título y una vida llena de privilegios, tal y como la que su madre había tenido con su padre.

–Deberías sentirte agradecido de que quieran algo. No es que puedas hacer uso de una personalidad encantadora.

Tristan se rio. Su risa sonó estridente en aquella habitación silenciosa.

–No estoy buscando amor –se puso en pie y le agarró el trasero. Cerró los ojos y le metió las manos en los bolsillos de atrás.

Lily le puso las manos en el pecho, como si quisiera frenarle... Sin embargo, de haberlo querido, él hubiera podido echarla hacia delante para hacerla sentir todo el poder de su erección, y ella no hubiera podido hacer nada al respecto.

–¿Qué pasó? –le dijo ella en un susurro–. ¿Una mujer te hizo daño, Tristan?

–Ni se han acercado, cielo.

Le metió las manos por dentro de la cintura del pantalón hasta llegar a su entrepierna.

–¡Bastardo! –levantó la mano para darle una bofetada, pero él la detuvo.

La soltó. Ella se fue hacia el otro lado de la cama.

–Espero que estés satisfecho.

–Era necesario. Nada más.

–Sigue diciéndolo si crees que así vas a dormir mejor esta noche.

–Duermo muy bien –dijo él, mintiendo.

–Bueno, pues no deberías. Pero siento curiosidad... ¿Soy yo en quien no confías, o es en todas las mujeres?

–No sigas por ahí.

–¿Y por qué no? Tu actitud no tiene sentido. Tus padres estaban felizmente casados.

–En realidad no lo estaban.

–¿No lo estaban? –repitió Lily, parpadeando con incredulidad.

–No. No creo que mi madre quisiera a mi padre realmente, pero él se resistía a verlo. Al final, ella le abandonó cuando encontró una oferta mejor.

–Es terrible.

–Sí, bueno, y eso no fue lo peor. El amor nos convierte en idiotas. Eso es algo que hay que recordar.

Dio media vuelta y se marchó antes de cometer una estupidez.

Capítulo 8

EL PREESTRENO de una película? ¿Es una broma?
La asistente personal de Tristan, que estaba al otro lado del escritorio, retrocedió un poco. Él se dio cuenta de que casi le había dicho esas mismas palabras a su hermana a la misma hora el día anterior. Una vez más había pasado una buena mañana y una vez más se había ido al garete.

Aunque en realidad la mañana no había ido tan bien... Lily se había despertado tarde y había tenido a un inspector de la policía esperando por ella casi toda la mañana.

Le lanzó una dura mirada a Lily y esta se la devolvió con un gesto impasible. Estaba sentada en el sofá.

–Pues… no –dijo Kate.

Tristan miró la pantalla del ordenador. Kate le acababa de mandar unas imágenes de cientos de fans que habían acampado en Leicester Square para ver a Lily Wild en un preestreno que se iba a celebrar esa tarde.

–Lily, dime que es una broma.

Lily tragó en seco y él volvió a mirar a su sorprendida asistente personal. Kate no parecía saber qué hacer con las manos. Nunca lo había visto a punto de perder los estribos y estaba realmente intimidada.

–No iba a decir nada –dijo Lily con frialdad, yendo hacia el escritorio.

Ella tampoco sabía qué hacer con las manos. Se alisaba la falda sin parar. Los ojos de Tristan se posaron un instante en la ceñida camisa morada que llevaba puesta.

–Claro que no –le dijo, mirándola a los ojos por fin.

–Iba a cancelarlo... No porque no quisiera que lo supieras.

–¡Oh, no puede cancelarlo! –exclamó Kate, tratando de no parecer impresionada por la estrella de cine–. El preestreno fue pospuesto hasta hoy para que pudiera asistir. Y hay gente que ha acampado toda la noche para verla. Se llevarían una gran decepción. Mire.

Señaló la pantalla del ordenador. Pero Tristan no dejó de mirar a Lily ni un momento.

Más tarde, esa misma noche, iban en la limusina, rumbo a Leicester Square. Todavía no había anochecido, pero el cielo estaba nublado y no se podía ver la puesta de sol. Una fina lluvia repiqueteaba contra las ventanillas y Tristan se preguntaba por qué Lily parecía tan nerviosa.

Respiraba agitadamente y tenía las manos entrelazadas sobre su regazo, los ojos cerrados. Parecía María Antonieta antes de ir a la guillotina. Pero probablemente María Antonieta jamás había estado tan hermosa como ella en ese momento, en cualquier momento.

El coche rodeó la última curva y Tristan empezó a sospechar por qué estaba nerviosa. El vehículo se detuvo junto a la acera y un guardia de seguridad les abrió la puerta. Habían extendido una larga alfombra roja sobre el suelo, la cual dividía a la masa de fans, apenas contenida por las barricadas.

Hombres y mujeres vestidos con sus mejores galas desfilaban por la alfombra, y los fans gritaban de emoción, agitando libros y pósteres en el aire. Cuando Lily bajó del coche se dispararon todos los flashes de las cámaras. La luz la cegó. Un fotógrafo oficial fue hacia ellos y empezó a hacerle fotos desde todos los ángulos. Una mujer vestida con un traje rojo oscuro y una tablilla con sujetapapeles en la mano la guiaba a lo largo de la alfombra roja y la ayudaba a firmar autógrafos para los fans. Tristan se sentía como si acabara de entrar en un universo paralelo. De repente, cuando Lily se acercó un poco a una de las barricadas, la multitud se echó hacia delante y los guardias de seguridad, enormes, se pusieron en formación delante de ellos. En mitad de aquel mar de paraguas negros, Lily era como un rayo de luz con ese vestido color crema, la piel dorada y el pelo rubio. Un rato antes, cuando la había visto con ese vestido que le había dado Jordana, había sabido con certeza que acabaría metiéndose en problemas. Y entonces ella se había dado la vuelta y había visto que tenía la espalda descubierta...

La observó, cumpliendo con sus deberes de ídolo mediático ante los fans. El día había sido largo, pero ella había hecho todo lo que él quería. Había sido todo un ejemplo de virtud; sentada en el sofá de su despacho y fingiendo no estar ahí. Así debería haber sido más fácil ignorarla, pero no había sido así.

Tristan había tenido que hacer un gran esfuerzo para encontrar un caso que pudiera retener su atención durante el tiempo suficiente como para olvidar que ella estaba allí. Ella, en cambio, no había tenido problema en concentrarse en un guion como si se estuviera preparando para un examen final.

Cuando había tratado de involucrarla en una conversación acerca de lo ocurrido aquella noche, en la fiesta de cumpleaños de Jo, ella se había cerrado por completo, y Tristan se preguntaba por qué. Jordana había insinuado que estaba equivocado sobre Lily y su implicación en aquella fiesta de drogas, pero... de ser así, ¿por qué guardaba silencio y esbozaba esa sonrisa falsa cada vez que le sacaba el tema?

De repente la multitud gritó. Tristan se volvió de golpe. Un joven guaperas latino vestido con vaqueros rotos y una camiseta arrugada se dirigía hacia Lily, saludando a la gente a medida que avanzaba. Lily se volvió y le mostró su mejor sonrisa. Tristan sintió que se le encogía el estómago. Aquella sonrisa era como el sol de mediodía, emergiendo de entre los nubarrones; luminosa y cálida, seductora, imposible de ignorar...

El joven guaperas agarró a Lily de la cintura y le dio un beso, sonriéndole como un amante perdido. Hacían buena pareja... Se abrieron paso entre la gente... Tristan los observaba atentamente. Se metió las manos en los bolsillos y se preguntó cuánto más podría aguantar. La multitud se quejó cuando Lily y el joven regresaron a la alfombra roja. El actor la sujetaba de forma protectora...

–Tengo que hacer lo de la alfombra roja y contestar a unas cuantas preguntas de la prensa. Después podemos entrar –le dijo ella, alzando la voz por encima del jolgorio de la multitud.

Él asintió, pero sus ojos estaban puestos en el actor. De repente ya no pudo aguantar más y se paró entre ellos, lanzándole un claro mensaje al chico.

Lily abrió los ojos, sorprendida, pero el actor captó el mensaje y sacó pecho... Tristan y él se miraron durante unos segundos y entonces este último se encogió de hombros.

–Hombre, tranquilo –se rio, retrocediendo al ver que Tristan no estaba dispuesto a hacerlo–. Solo estaba ayudando a este ángel. Ya sabes cómo se pone en una multitud.

Tristan no lo sabía, pero asintió de todas formas. El chico se alejó.

–¿De qué estaba hablando? –le preguntó a Lily, agarrándola del brazo para que no fuera detrás de él.

–De nada –dijo ella, saludando a los fans.

Él la agarró con más fuerza al ver que ella intentaba zafarse.

—¿Cómo te estaba ayudando?

—Dándome drogas, no, si es eso lo que piensas.

No era eso lo que estaba pensando y ese comentario fue la gota que colmó el vaso.

—Dime a qué se refería.

—No te lo puedo explicar aquí —saludó a un compañero actor que le lanzaba un beso—. No tengo tiempo.

—Pues búscalo.

—¡Oh! —se inclinó hacia él. Su delicado perfume le inundaba los sentidos—. Solía tener agorafobia. ¿Podemos irnos ahora?

Tristan frunció el ceño.

—¿Te dan miedo los espacios abiertos?

—¿Es que no sabes susurrar? —le dijo ella, claramente incómoda con el tema—. La mayoría de la gente... La mayoría de la gente cree que es eso, pero en mi caso es miedo a las aglomeraciones y a estar atrapada en una situación que no puedo controlar.

—¿Era por eso lo de la terapia?

Ella le miró fijamente.

—¿Cómo sabes...? Oh, el informe de tu detective. Bueno, me alegro de saber que el chico sí que dijo algunas verdades.

—¿Y cómo sabes que era él y no ella?

—Porque por lo poquito que sé, sacó conclusiones precipitadas con muy poca evidencia, tal y como suelen hacer los hombres.

Tristan se tragó una respuesta y trató de volver a centrarse.

—¿Qué tal llevas la fobia?

Lily suspiró.

—No lo llevo mal. Jordi Mantuso y yo nos contamos unas cuantas historias mientras estábamos en el rodaje... Solo quería ser amable.

–¿Y te encuentras bien? –Tristan estaba genuinamente sorprendido–. ¿Ahora?

Ella pareció desconcertada ante la pregunta. De repente Tristan se dio cuenta de que su comportamiento hacia ella la había hecho llevarse una impresión muy mala de él.

–Sí... Estoy bien. No es que no pueda salir en una multitud. Más bien es miedo a sentirme atrapada en ella.

–¿Como cuando eras pequeña y te veías rodeada por los fans de tus padres?

Ella apartó la vista un momento.

–Sí. Los médicos creen que todo empezó entonces. Pero no he tenido ningún ataque desde hace años.

Una de las mujeres guardaespaldas se les acercó, para averiguar por qué se habían quedado rezagados. Lily esbozó su mejor sonrisa, una que no le llegaba a los ojos, y se dirigió hacia las filas de paparazzi. Contestó a muchas de sus preguntas y posó para los fotógrafos como la profesional que era.

Justo cuando estaba a punto de retirarse, ocurrió algo. Tristan la vio ponerse tensa. ¿Acaso le estaba dando un ataque de pánico?

–Yo no hago teatro –le decía con firmeza a alguien.

–Pero ¿por qué no? Le han ofrecido el papel de su vida, hacer de su madre. ¿Ni siquiera lo va a considerar?

–No.

–¿Qué pasa con el Reino Unido, Lily? ¿No le caemos bien?

–Claro que sí –esbozó otra de esas sonrisas que no le llegaban a los ojos–. Mi agenda no me ha permitido venir a Inglaterra hasta ahora.

–Los papeles que escoge... –dijo una voz desde atrás y entonces hizo una pausa para dar un efecto dramático–. Son mujeres muy distintas a su madre. ¿Lo elige a propósito? ¿Es por eso que no quiere aceptar el papel de West End?

Lily sintió acercarse a Tristan. El calor de su cuerpo la distrajo momentáneamente.

—Elijo mis papeles según lo que me interesa. Mi última película, *Carried Away*, es una comedia romántica y... Me gustan los finales felices. ¿Qué más puedo decir? —sonrió y se volvió para contestar a otra pregunta sobre los lugares de rodaje.

El mismo reportero, que le había estado tomando fotos indiscriminadamente, no se dio por vencido.

—¿Alguna vez le ha preocupado que la crean igual que su madre?

—No —la sonrisa de Lily tembló un momento.

—¿Qué tal los besos con Jordi Mantuso?

—Divinos —dijo Lily, sonriendo con franqueza.

Los fans que habían oído sus palabras gritaron con frenesí.

Pero el tipo del fondo volvió a la carga.

—Señorita Wild, todavía no me ha quedado claro lo de West End. Hemos oído que el director no quiere firmar todavía con otra actriz... ¿Le preocupa que sea teatro o... se trata de otra cosa?

De pronto sintió que Tristan la agarraba de la cintura. Se sonrojó violentamente. Los músculos del estómago le temblaban. Trató de volverse, pero él la sujetó en el sitio. Su aliento le agitó los mechones que tenía sobre la sien.

—Has olvidado que es escoria y te estás tomando sus preguntas en serio. Mírame como si hubiera dicho algo increíblemente divertido, y ríete.

La dejó volverse hacia él, pero ella no fue capaz de hacer lo que le pedía. Levantó la mano y se la puso en el pecho. Sus dedos se cerraron sobre la tela de la camisa. No sabía si trataba de mantenerle a raya o de acercarle más. El cerebro había dejado de funcionarle bien desde el momento en que él había empezado a mirarla con esa intensidad. El ruido de la multitud... las cámaras... las luces... Todo se desvaneció y Lily se sintió poseída por un ansia sexual que era tan debilitadora como excitante.

Notó que los ojos de él se posaban en sus labios.

–¡Beso! ¡Beso! –gritó la gente de repente.

Casi a cámara lenta, una sonrisa se dibujó en los labios de Tristan. Se inclinó y le rozó los labios un instante. El contacto fue fugaz y sutil. Se apartó de inmediato, pero siguió observándola como si quisiera más. De alguna manera, Lily encontró las fuerzas necesarias para apartarse, consciente una vez más de los gritos y piropos de la prensa.

–¿Quién es? ¿Es lord Garrett? –decían.

Capítulo 9

ME GUSTÓ mucho la película –dijo Tristan, rompiendo el pesado silencio que se había creado entre ellos.

Lily le ignoró. Siguió mirando por la ventana mientras avanzaban por las calles de Londres. Era tarde, y después de dos horas sentada junto a Tristan en el cine, se sentía un tanto tensa y ansiosa. Sin duda la había besado, no porque quisiera, sino por compromiso, por deber y solidaridad. Seguramente le había dado mucha pena después de lo que le había contado antes...

No quería hablar con él... No quería darle conversación. Solo quería llegar a su habitación e irse a la cama. A dormir.

Debería haber estado más preparada para las indiscretas preguntas de la prensa británica, y probablemente lo hubiera estado si la tensión con Tristan no consumiera la mayor parte de su energía. Evidentemente ese pequeño beso estaría en los periódicos al día siguiente, en Internet en ese preciso instante. Sabía que no podía enfadarse por lo que había hecho. Solo trataba de ayudarla, pero esos pequeños detalles... como cuando había hecho esperar dos horas al inspector de Scotland Yard en vez de hacerla levantarse directamente... o cuando le había aliviado el dolor de cabeza mientras dormía en el coche... Todas esas atenciones hacían que fuera muy difícil ignorarle... Suspiró y sintió su mirada sobre la piel. Realmente no quería encontrar motivos para suavizar la tirantez que existía entre ellos. Era demasiado fácil volver a caer en esa fantasía adolescente en la que él era el hombre de sus sueños.

–¿Nada que decir, Lily?

La estaba llamando Lily, en vez de «cielo» o cualquier otra cosa...

–No deberías haber hecho eso antes –le dijo, dejando que la vergüenza y la incertidumbre tomaran protagonismo.

–¿Decirte que me gustó la película? –le preguntó él.

–Desviar la atención de ese reportero besándome.

Su mirada inquisitiva la puso nerviosa, así que se volvió hacia la ventanilla.

–Parecía que lo necesitabas.

–Pues no –dijo ella. Y ahora tu foto, nuestra foto, va a salir en todos los periódicos de mañana. Pensarán que somos amantes.

El coche se detuvo delante de la mansión. Él se volvió hacia ella antes de abrir la puerta.

–Seguramente sacaron esa conclusión al ver que yo te acompañaba.

Bert abrió la puerta y Lily bajó del coche con una sonrisa de agradecimiento. Fue detrás de Tristan, molesta con su actitud caballerosa.

–Sacar una conclusión y confirmarla son dos cosas distintas.

Se dio cuenta demasiado tarde de lo que sus palabras implicaban. Solo esperaba que él no siguiera con el tema.

Había movimiento al final de la calle... Un fotógrafo... Lily dejó que Tristan la condujera a toda prisa por el camino hasta llegar a las dobles puertas negras que parecían recién pulidas con betún de zapatos. Él abrió una de las puertas y se hizo a un lado para dejarla pasar. Ella entró y le siguió hasta el enorme comedor.

–Es una forma interesante de decirlo –le dijo él, dándose la vuelta hacia ella–. Pero no sé muy bien cómo podrían haber confirmado algo que no es verdad –dijo. Un brillo peligroso le iluminaba los ojos.

–Oh, ya sabes lo que quiero decir –le dijo ella, sofocada ante la fuerza de un torbellino de emociones confusas–. Estoy cansada.

–¿Es así como te defiendes después de ese pequeño desliz freudiano?

–No era... –al verle arquear una ceja, masculló un juramento–. Oh, vete al diablo –apretó el paso y se adelantó. Entró en la enorme sala de estar.

–¿Sabes? Toda esta indignación... solo porque intenté ayudarte antes, me parece excesiva –le dijo Tristan desde detrás.

Lily se volvió hacia él. Estaba apoyado contra el marco de la puerta, todo un derroche de masculinidad.

–Oh, ¿en serio?

Tristan se inclinó contra el picaporte y la observó fijamente. Tenía la cara roja y el moño se le había deshecho un poco. Unos cuantos mechones de pelo le caían sobre el cuello. Tenía los labios enfurruñados y estaba casi seguro de que había cruzado los brazos para esconder la excitación que sentía.

Sabía por qué estaba tan enfadada. Ella también sentía el tirón sexual entre ellos y sabía que estaba atrapada, al igual que él.

–Sí, en serio. ¿Quieres que te diga lo que hay detrás?

–Odio, sin más –Lily fingió bostezar.

Él se rio.

–¿Sabes lo que dicen del odio, Lily? –Tristan fue hacia el mueble de las bebidas y se sirvió un trago de whisky.

No llevaba más que dos días con ella, pero ya empezaban a hacerle falta unos cuantos tragos.

–Sí. Significa que no te gusta alguien. Y mi reacción

a tu comportamiento no es excesiva en absoluto. Lo único que has hecho hoy es darle de comer a los tabloides. Y, para que te enteres, podría haberme ocupado de ese reportero yo solita.

Tristan levantó el vaso y se bebió el whisky de un trago.

–¿Eso fue antes o después de que tuvieras el ataque de pánico?

–¡No fue un ataque de pánico! Y solo porque te he contado algo personal, no tienes derecho a meterte. No eres Dios, aunque parece que sí te crees que lo eres.

Tristan se volvió lentamente y la miró fijamente. Había oído una clara nota de desafío en su voz y sabía el motivo. La miró de arriba abajo. Su actitud era inocente, casi como si no supiera lo que estaba haciendo. Pero eso era imposible... Las mujeres como Lily Wild siempre sabían lo que hacían. Ya estaba cansado de esa tensión ardiente y sabía cómo acabar con ella de golpe.

–Muy bien. Ya está –le dijo suavemente, poniendo el vaso vacío sobre la mesa–. Te voy a dar una advertencia. Estoy cansado de esta tensión constante. Tienes exactamente tres segundos para moverte si no quieres que siga con lo que empezó hace seis años. Pero esta vez no podré parar. Ya no tienes diecisiete años, y no hay secretaria que nos pueda interrumpir, como ayer. Esta vez estamos solos. No tengo pensado detenerme después de un beso y sospecho que tú tampoco.

A Lily le dio un vuelco el estómago. Seis años antes, le deseaba con la desesperación de una adolescente enamorada. En la noche de la fiesta de Jordana, se había vestido para él, le había observado, le había sorprendido observándola... Y entonces, después de sacar el coraje de un par de copas de champán, le había pedido que bailara con ella...

–Uno.

Lily sacudió la cabeza.

–Tristan, no seas tonto. Esto no tiene sentido.

–No podría estar más de acuerdo, pero hay algo sin terminar entre nosotros y negarlo no ha hecho que desaparezca. De hecho, creo que eso no ha hecho más que empeorar el problema.

–¿Y crees que, si hacemos algo al respecto, solucionaremos el problema?

–¿Tienes una idea mejor? –le preguntó él, arqueando una ceja.

No. En realidad no... Y en ese momento su cuerpo le deseaba con una avidez dolorosa. Se moría por experimentar ese placer que había probado el día anterior, y que solo él podía darle. De repente recordó lo que le había sugerido Jordana, que se soltara el pelo y se divirtiera un poco... ¿Podía hacerlo? ¿El sexo con Tristan caía dentro de esa categoría? No era que esperara una propuesta de matrimonio ni nada parecido. Nunca se había acostado con nadie... quizá por falta de motivación, de oportunidades... Pero lo que Tristan la hacía sentir con solo mirarle era algo que no podía comparar con nada que hubiera sentido hasta ese momento.

–Dos.

Su voz suave interrumpió las cavilaciones de Lily. De repente se dio cuenta de que el corazón se le salía del pecho. Tragó con dificultad. Él permanecía inmóvil, pero la habitación parecía cada vez más pequeña. Estaba cada vez más cerca. Todos sus sentidos estaban puestos en él. El pelo le caía hacia delante y parecía que le costaba respirar, casi tanto como a ella. Casi era emocionante pensar que podía excitar a un hombre hasta tal punto; porque sí estaba excitado. Lily podía ver el deseo que brillaba en sus ojos oscuros, podía sentir la intensidad peligrosa de su cuerpo robusto. El estómago se le encogió de repente. Sintió un ansia profunda en su in-

terior; un deseo irrefrenable por tocar esos músculos...
¿A qué estaba esperando? ¿Al fin del mundo?

Se humedeció los labios. La consciencia de su propio poder femenino la calentaba por dentro y la hacía sentir más firme, segura de sí misma. Él debió de percibir algo porque entonces se movió. Caminó hacia ella con la gracia de un hombre que sabía exactamente lo que hacía. De repente Lily volvió a ser esa jovencita inexperta de diecisiete años.

Él se detuvo a unos centímetros de distancia y Lily le miró a la cara con expectación.

–Tristan... –su voz era un susurro de incertidumbre. Durante unos segundos, una voz interior le dijo que se había vuelto loca. No podía darle a ese hombre lo que necesitaba.

Tristan la agarró de la nuca de repente, ladeándole la cabeza. La miró durante una eternidad.

–Dime que es esto lo que quieres.

–Sí –le dijo ella, humedeciéndose los labios de nuevo–. Sí que lo quiero. Te quiero a ti.

Reprimiendo un gruñido, Tristan tomó sus labios con un beso ardiente. No hacían falta preliminares. Con las manos apoyadas a ambos lados de su cabeza, la besó con pasión. Lily sintió que un gemido de deseo crecía en su garganta. Le agarró de los hombros y se aferró a él con todas sus fuerzas, dejándose llevar por la maravillosa sensación de un beso magistral. Sabía a whisky y al paraíso y, por un momento, todos sus sentidos se vieron saturados. Las sensaciones y emociones corrían desbocadas por todo su cuerpo. Retrocedió un momento y trató de recuperar el aliento. El mareo que sentía era por falta de oxígeno... Estaba hiperventilando de verdad. Él le echó la cabeza atrás y empezó a besarla por la barbilla, a lo largo del cuello.

–Oh, Dios... –susurró ella, rozándose contra él y buscando sus labios.

Él soltó una risotada sofocada y empezó a besarla con desenfreno. La acorraló contra la pared. Ese beso la marcaba, la reclamaba. Lily sintió que la dura pared se le clavaba en la espalda al tiempo que el pectoral de Tristan le moldeaba los pechos. Enredó las manos en su pelo y trató de aliviar el ansia que crecía en su entrepierna. Tristan buscó el final de su espalda con la mano y entonces retrocedió un poco.

–Oh, Lily, me estás matando –le susurró, tratando de mantenerla en su sitio, pegada a él.

Lily sentía que sus manos estaban en todas partes y en ningún sitio al mismo tiempo. Todas esas viejas emociones que habían enterrado durante tanto tiempo salían a la luz... No hubiera podido parar aunque hubiera querido. Se estremeció y arqueó la espalda, buscando sus caricias, moviéndose contra él sin parar. El tacto de sus manos era casi eléctrico, pero no era suficiente. Quería sentirle a su alrededor, en su interior, en todas partes.

–Tristan, por favor... –le suplicó, masajeándole la espalda.

Él parecía saber lo que ella necesitaba. Volvió a besarla y le metió la lengua dentro al tiempo que presionaba con una pierna entre las de ella.

Ella sintió un momento de alivio, pero el vestido le impedía sentirle allí donde más lo necesitaba. Se movió, impaciente... Manteniéndola erguida con el muslo, Tristan le agarró los pechos y entonces le bajó las mangas del vestido, desnudándola hasta la cintura. Lily contuvo el aliento. Él retrocedió un poco y la miró con tanto deseo que Lily casi sintió ganas de llorar.

Por primera vez se sentía como una diosa.

–Cariño, quiero ir despacio, pero... –Tristan bajó la vista y le miró los pechos. Puso las manos a ambos lados y la levantó un poco para tenerla a la misma altura–. Eres exquisita –le susurró, echándole el aliento caliente sobre un pezón, ya endurecido.

Se lo metió entre los labios y empezó a chuparla. A Lily le cedieron las piernas y Tristan tuvo que agarrarla de la cintura. Un calor húmedo le inundó la entrepierna. Podía oír a alguien que susurraba el nombre de Tristan en la distancia, como una letanía. Era ella misma... Se detuvo, trató de centrarse, pero entonces él la rozó con los dientes, desencadenando una reacción en su interior.

—No pares —le susurró él; los labios contra su piel—. Di mi nombre. Dime lo que te gusta.

Lily no sabía lo que le gustaba, pero todo lo que él le estaba haciendo le encantaba, así que se entregó totalmente. Él se centró en el otro pecho. Lily le clavó las uñas en la palma de la mano. Necesitaba tocarle tal y como él la estaba tocando a ella. Trató de mover los brazos y gimió de pura frustración cuando se encontró atrapada entre sus brazos, dentro del vestido.

—Ayúdame —empezó a decir, pero él ya lo estaba haciendo, apretando el muslo entre sus piernas y moviendo los brazos para que ella pudiera soltar las manos.

Una vez se liberó, Lily empezó a desabrocharle la camisa. Él respiraba con tanta dificultad como ella y un sudor brillante cubría la piel que sus manos trataban de destapar torpemente. De pronto él le tocó ambos pechos a la vez y Lily se quedó quieta.

—Eso no va a ayudar mucho —le dijo en un susurro, arqueándose contra él.

—Entonces déjame...

Tristan se agarró la camisa de ambos lados y tiró con fuerza, arrancando de cuajo los botones. El fino vello de su pecho le hizo cosquillas en los pezones.

—Oh, Dios... —exclamó ella, rozándose contra su duro miembro viril, clavado contra su abdomen.

—Despacio, cielo —le dijo Tristan, pero Lily ya no podía aguantar más.

Necesitaba que la tocara entre las piernas. El ansia que sentía allí era casi inaguantable. Gimió aliviada cuando sintió sus manos sobre los muslos. Él le subió el vestido hasta la cintura y ella abrió un poco las piernas para facilitarle el acceso. Los movimientos de Tristan parecían muy inseguros, y eso le daba una sensación de poder. Se inclinó sobre él y le besó en el cuello, respirando su masculinidad.

–Tristan, por favor, te necesito –le suplicó. Su voz sonaba ronca.

La voz de la cordura le decía que más tarde se avergonzaría de ese comportamiento tan desinhibido, pero a su cuerpo le daba igual. Estaba enfrascado en la lucha amorosa más deliciosa, anhelando algo que parecía fuera de su alcance. Pero entonces sintió los dedos de Tristan sobre la parte superior del muslo y esa sensación se acercó un poco más. Mucho más.

Lily contuvo la respiración un segundo y se quedó inmóvil. Y cuando él metió los dedos por dentro de esas braguitas diminutas y empezó a acariciarle los rizos que guardaban su feminidad, casi creyó que se iba a desmayar. Se aferró a los hombros de Tristan. Su cuerpo le pertenecía. Podía hacer con él lo que quisiera.

Y eso fue lo que hizo él. Deslizó los dedos sobre su piel, buscó su clítoris con las yemas y presionó más adentro, dilatándola primero con un dedo y después con dos.

Un gemido que parecía provenir del centro de su cuerpo brotó de sus labios.

–Cariño, estás muy húmeda. Muy tensa –pareció detenerse un instante y entonces estableció un ritmo dentro de ella que generó una ola de calor que se propagaba por su cuerpo.

De repente se detuvo.

–No. Quiero estar dentro de ti cuando llegues –apartó la mano. Lily le clavó las uñas en los hombros a modo de protesta.

Oyó el sonido metálico de la hebilla de su cinturón,

el ruido de la cremallera... Un segundo después él había vuelto. Lo único que se interponía en su camino eran las braguitas. Con un movimiento rápido se las quitó. Lily empezó a mecerse contra él, besándole el cuello y tocándole el pelo.

–Cariño, si sigues con eso, habremos terminado antes de que pueda estar dentro de ti –le dijo él en un susurro, metiéndole la lengua en la boca –retrocedió, como si acabara de recordar dónde estaban–. Aquí no.

–Sí, aquí –dijo ella. La excitación la hacía huir de la razón.

Tristan respiró hondo y la agarró del trasero, levantándola en el aire.

–Pon las piernas alrededor de mi cintura –le dijo–. Lily obedeció... La punta aterciopelada de su miembro viril la rozó.

Él tenía la nuca sudada, tensa. Lily echó la cabeza adelante y probó su piel salada. A él debió de gustarle porque un segundo después estaba dentro de ella con una embestida poderosa.

El mundo se detuvo durante un segundo. Lily oyó un grito y entonces se dio cuenta de que debía de haberle mordido el cuello. Él masculló un juramento y se quedó quieto, sujetándola de las mejillas.

–Cielo, dime por favor que esta no es tu primera vez.

Lily sintió que la punzada de dolor remitía. Su cuerpo se acomodó rápidamente a la plenitud de su miembro viril. Enroscó los brazos alrededor de su cuello.

–No pares –le dijo, rindiéndose a él. Chispas de placer sacudían su sexo.

Trató de moverse para intensificar la sensación, pero Tristan le clavó los dedos en las caderas para mantenerla quieta.

–Espera. Deja que tu cuerpo se acostumbre a mí.

–Ya se ha acostumbrado –dijo ella, insistiendo.

Él sacudió la cabeza.

–Por favor, Tristan, necesito...

Él se meció contra ella.

–Mué...ve...te... –le dijo ella, alargando la palabra.

Tristan empezó a moverse dentro de ella lentamente y entonces fue acelerando el ritmo. El cerebro de Lily se cerró. Lo único que podía sentir era la tensión que la hacía estremecerse y que la hacía seguir adelante. Entonces Tristan metió una mano entre sus cuerpos y empezó a acariciarle un pezón con el dedo pulgar. El mundo de Lily pareció romperse en mil pedazos. Un aluvión de placer la recorrió por dentro.

Tristan volvió a decir otra palabrota y empujó con todas sus fuerzas. Lily no pudo hacer otra cosa que rodearle el cuello con ambos brazos y aferrarse a él, dejándose llevar por ese nirvana de placer...

Un rato después, Lily fue consciente de su propia respiración agitada. Tristan seguía dentro de ella, jadeante. El aire se había vuelto más fresco y el sudor se le había secado. Tembló, todavía sujeta por esos brazos fuertes. Él murmuró algo y se apartó suavemente. La dejó en el suelo y retrocedió. Había una mirada de asco en sus ojos.

Le oyó arreglarse la ropa.

–No digas nada –le pidió, sabiendo que el ataque era la mejor defensa.

Se llevó una gran sorpresa cuando una expresión de sorpresa reemplazó a la repulsión que había visto en su cara. A lo mejor no sabía qué decir después de hacer el amor, pero tampoco quería comportarse como una tonta. Todavía le quedaba algo de orgullo.

Para él eso no era más que rutina, pero para ella...

–¿No digas nada? –repitió él–. Deberías haberme dicho que eras virgen.

«Que nunca vean que te importa...».

Lily levantó la barbilla, recordando las palabras de su padrastro.

–Se me pasó.

En realidad había pensado que él no se iba a dar cuenta.

–Además, no me hubieras creído, ¿verdad?

Él miró a un lado y eso fue suficiente para Lily. ¿Cómo iba a creerla? ¿Alguna vez lo había hecho?

Algo se encogió en su interior. Buscó el zapato que se le había caído mientras tenía las piernas alrededor de sus caderas.

–No he usado preservativo –le dijo él.

Ella le miró de golpe. No estaba tomando la píldora. ¿Por qué iba a hacerlo?

–Creo que no hay problema –dijo de forma automática, intentando aplacar la sensación de pánico que se había apoderado de ella al no ser capaz de recordar cuándo le había venido el período por última vez.

Él gimió y se apartó de ella. Se quitó el pelo de la cara como si fuera a arrancárselo.

–Mira, Tristan, esto ha sido un error –le dijo en un tono ligero que no sentía–. Pero ya está hecho, así que no tiene sentido quejarse por ello –añadió, y se puso a buscar su ropa interior con la mirada.

Él se detuvo.

–¿Y si estás embarazada?

Ella se volvió y se humedeció los labios.

–Te lo haré saber.

Él guardó silencio.

–Mira, si no te importa –dijo ella mientras buscaba su ropa por el suelo–. Dejemos el tema, ¿de acuerdo?

No le miró a la cara, pero sí le oyó soltar el aliento con exasperación.

–Si buscas las braguitas, están al lado del armario.

Lily siguió su mirada hasta localizar el diminuto tanga color crema en un rincón. Fue hacia allí y lo recogió.

–Bueno, me voy a la cama –le dijo sin más, volviéndose hacia la escalera de atrás y dirigiéndose hacia su habitación.

Él la agarró del brazo cuando pasó por su lado.

–¿Te hice daño?

Lily se aclaró la garganta.

–Oh, no. No... Estoy bien.

Capítulo 10

A LA MAÑANA siguiente Tristan miraba por la ventana de la cocina y contemplaba las vistas de Londres. El cielo gris retrataba muy bien su estado de ánimo.

Ella era virgen... Debería haber sido menos bruto. Lo hubiera sido de haberlo sabido. Tenía un caos en la cabeza y la noche anterior, después de haberla hecho suya como un animal, no había podido hacer otra cosa más que pararse delante de ella, como un colegial que no tenía ni idea de lo que había pasado. Pero ¿qué podía haberle dicho?

Se frotó la frente. No podía arrepentirse de lo ocurrido la noche anterior, pero sí que le debía una disculpa por esa actitud condescendiente con la que llevaba dos días tratándola.

Bebió un sorbo de café e hizo una mueca al sentir el amargor. Dejó la taza sobre el fregadero y se paró a mirar los periódicos que estaban sobre la mesa. Un rato antes había mirado en Internet. Los temores de Lily estaban bien fundados. Había una foto de ese beso que se habían dado en todas las portadas de los tabloides. Además, alguien les había tomado una foto en el aeropuerto, justo antes de subir en la limusina, el día de su llegada. Ella tenía la mano sobre su pecho y la reseña decía:

Lord Garrett recoge a la señorita Wild en Heathrow.

¿Qué podía hacer? ¿Mantenerlo el tono ligero todo el tiempo? ¿Fingir que no seguía deseándola como un loco? ¿Y por qué la deseaba así? Normalmente le bastaba con una vez... Porque para él el sexo no era más que eso, sexo. Pero las cosas habían sido diferentes con Lily. Y por eso tenía que mantenerse lejos de ella. La idea de que hubiera algo más que una simple atracción le asustaba. El amor tampoco entraba dentro de su vocabulario.

«Maldita sea», pensó.

¿Quién había hablado de amor?

Soltó el aliento y agarró los periódicos. Un acto de bondad. Uno solo. Eso era todo lo que había querido hacer, pero su vida se había convertido en un complicado Sudoku de la noche a la mañana.

Cuando Lily se despertó esa misma mañana, recordaba todo lo que había pasado la noche anterior con mucho detalle. Todo. Cada caricia, cada beso, su aroma... Rodó sobre sí misma, se puso boca arriba y contempló la rutilante araña que tenía sobre la cabeza. Una parte de ella quería arrepentirse de lo que había pasado, la parte a la que le dolía el rechazo de después. Pero la otra parte le decía que tenía que superarlo. Había tenido sexo con un hombre. No era gran cosa. La gente lo hacía todos los días. Era cierto que no era muy buena idea tener sexo con un playboy que la creía un montón de escoria, pero por lo menos no había cometido el error de su madre. No se había enamorado de él.

Se levantó de la cama y se dirigió hacia el cuarto de baño. Se dio una ducha rápida y se echó aceite de rosa mosqueta por todo el cuerpo. Se miró en el espejo. Tenía unos círculos oscuros alrededor de los ojos, el resultado de no haber dormido ocho horas. Agarró el lápiz corrector y trató de arreglarse un poco. Se quitó la toalla y se puso el albornoz. De repente oyó que llamaban a la puerta. Fue hacia el dormitorio rápidamente.

Tenía que ser Tristan, pues el ama de llaves no habría llegado todavía. No debería haberse entretenido tanto delante del espejo. Hubiera sido mucho más seguro verle abajo, totalmente vestida.

—Entra —le dijo, no sin reticencia. Se apretó más el cinturón del albornoz y cruzó los brazos sobre el pecho.

Él entró y caminó hacia ella. Estaba espléndido y radiante, tal y como ella hubiera querido sentirse. Dejó unos periódicos sobre la cama y después se detuvo, mirándola, las manos metidas en los bolsillos. El pelo, todavía húmedo, se le rizaba en la base de la nuca y su piel bronceada resplandecía bajo aquella camisa azul. Pero fue la expresión de su rostro lo que finalmente captó la atención de Lily.

—Te debo una disculpa.

—¿Por lo de anoche? —la voz de Lily sonaba áspera. Se humedeció los labios—. No es necesario.

—Sí que lo es —su voz sonaba como la de un extraño amable—. Si hubiera sabido que era tu primera vez, nunca hubiera dejado que las cosas llegaran a ese extremo.

Lily suspiró. Había tratado de no sentirse mal por lo que había pasado la noche anterior, pero ese arrepentimiento explícito tampoco ayudaba mucho. Él caminaba de un lado a otro.

—Creo que deberíamos olvidarlo sin más —le dijo ella, incapaz de mirarle a los ojos—. Tal y como tú mismo dijiste, teníamos un asunto pendiente. Y ahora... Ahora no.

Él dejó de andar.

—¿Y te parece bien eso?

—Claro. ¿A ti no?

—Claro.

Lily asintió con la cabeza. ¿Qué había esperado? ¿Una declaración de amor? La idea casi era de risa.

—Entonces...

–También quiero disculparme por mi actitud desde que te recogí, por acusarte de tomar drogas y de meterlas en el país.

Lily arqueó las cejas.

–¿Entonces, como era virgen, soy inocente de contrabando de drogas también? Dios, ojalá se me hubiera ocurrido decírselo al agente de aduanas.

Tristan le lanzó una mirada seria.

–Tu virginidad no tiene nada que ver con mi razonamiento.

–¿No?

–No –dijo él, cada vez más irritado–. Ya me había dado cuenta de que no consumías mucho antes de eso. Y te alegrará saber que he despedido a mi detective.

–Bueno, querrás decir que has disparado al mensajero, ¿no?

–No hizo muy bien su trabajo precisamente. Maldita sea, pensé que te alegraría saberlo.

–¿Que me alegraría saber que un hombre perdió su trabajo porque te confirmó su idea de mí? Probablemente solo te dio lo que tú querías, al igual que todos los demás.

–No te pases de la raya, Lily. Tú fuiste bastante parca en palabras cuando te pregunté.

–Eso es porque no me gusta abrirme la cabeza una y otra vez contra la pared.

Tristan la miró fijamente. Un músculo de su barbilla temblaba sin parar.

–Dime por qué te encontré escondiendo un porro debajo del colchón de Jo cuando tenías catorce años.

–Pensaba que te estabas disculpando.

–Y lo estaba.

–Me vendría bien algo de trabajo.

Tristan guardó silencio. Lily reconocía muy bien esa mirada. Significaba que estaba decidido a salirse con la suya.

—No uses tus tácticas del tribunal conmigo, Tristan. No van a funcionar.

—¿Serviría de algo que te dijera que Jordana ya ha admitido que era suyo?

Lily trató de esconder la sorpresa.

—¿Cuándo?

—Cuando te detuvieron en Heathrow. En ese momento no la creí.

Lily le puso una mano sobre el pecho.

—Oh, y yo que me sentí tan especial durante una fracción de segundo.

Nada más decir las palabras, vio que le había golpeado bien con el sarcasmo. Él se frotó los ojos y volvió a mirarla.

—Es hora de confesar, Lily. Sé que mi hermana no ha sido la santa que yo quería que fuera. Y ya estoy cansado de todos estos malentendidos.

Lily pensó en ponerse a discutir, pero... ¿Para qué? Al final él se saldría con la suya, como siempre.

—No sé si te acuerdas, pero fuiste a vernos al internado una vez... Ibas a hacerle una visita sorpresa a Jo por su cumpleaños. Pero ella te vio desde la sala de juegos. Me llamó por el teléfono interno y me pidió que lo escondiera. No esperaba que entraras sin llamar.

—¿Y la noche que cumplió dieciocho años? En el despacho de mi padre... Esta vez tienes que decirme la verdad.

—Deberías preguntárselo a Jordana.

—Te lo estoy preguntando a ti.

Lily cruzó la estancia y se sentó en una silla.

—No sé cómo empezó esa fiesta en el despacho. Yo me enteré por una amiga en común, y cuando llegué, ya estaba en pleno apogeo. Me sentí responsable, porque el tipo que había llevado las drogas trabajaba en la empresa de mi padrastro, pero nadie me escuchó cuando les dije que recogieran todo y que se fueran, así que decidí hacerlo yo misma.

—Yo entré en ese momento, sumé dos más dos y las cuentas me salieron enormes.

—Algo así.

—¿Y no pensaste en defenderte?

—No me diste ninguna oportunidad, ¿recuerdas?

Tristan sacudió la cabeza y fue hacia la ventana. Descorrió la cortina y miró fuera. Lily se movió y metió las piernas por debajo de la silla.

Él se volvió hacia ella.

—Lo siento.

Ella se aclaró la garganta y se movió en el asiento, inquieta. Si se estaba disculpando, ¿por qué se sentía tan nerviosa de repente?

—No te preocupes. No debería haber invitado a ese tipo para empezar.

Él se encogió de hombros como si eso no tuviera importancia alguna.

—Yo no debería haber sacado conclusiones precipitadas. Esa noche... no era yo mismo.

La mente de Lily volvió de inmediato a aquel momento, en la pista de baile. El beso... ¿Tampoco era él mismo en ese instante?

—Yo tampoco —le dijo, mintiendo.

Él asintió, como si eso lo solucionara todo. A Lily se le cayó el corazón un instante.

—Debería irme.

—Sí —dijo Lily, siguiéndole con la mirada a medida que caminaba hacia la puerta.

Al llegar se detuvo un instante.

—¿Estás... bien esta mañana? —le preguntó.

—Creí que habías decidido olvidar lo de anoche.

—Pero quiero saber cómo estás. Maldita sea. Y no me digas que bien.

–¿Te vale si te digo que estoy genial?

A Tristan no pareció hacerle mucha gracia...

Apretó los labios. La situación era intolerable. No podía estar en la misma habitación que ella, sin desear tocarla, pero había algo que le decía que un intento de acercamiento no sería bienvenido.

El teléfono que llevaba en el bolsillo empezó a sonar. Miró la pantalla antes de contestar. Bert se había quedado atrapado en un accidente múltiple en el que se habían visto implicados seis coches en Rosslyn Hill. Pero él no quería otro coche. Llamaría a un taxi. Sería mucho más rápido.

–¿Qué pasó? –le preguntó Lily.

–Bert se ha visto implicado en un accidente.

–¿Está bien? –le preguntó, preocupada. El día antes le había firmado unas fotos para sus hijas sin que el chófer se lo pidiera.

–No fue nada grave, pero quedó atrapado entre otros dos coches. Voy a mandar a alguien a por él y después llamo a un taxi.

–Voy a vestirme –dijo ella.

Tristan la miró de arriba abajo, fijándose en el vestido de seda gris que llevaba puesto. Ella se puso roja. Incluso con esas ojeras oscuras, era la mujer más hermosa que había visto jamás.

–Buena idea.

Veinte minutos más tarde, Lily se reunió con Tristan en la terraza posterior, que daba a un pequeño jardín y a la piscina, junto a la que estaba el gimnasio. Era difícil creer que estaba en mitad de una de las ciudades más concurridas del mundo. Tristan se había puesto la chaqueta del traje y la hacía sentir como una simple turista, con sus vaqueros, la camiseta blanca y su rebeca negra. La vio acercarse sin quitarle los ojos de encima.

–¿Qué? –le preguntó ella, notando una expresión divertida en su mirada.

–Nada –él sacudió la cabeza–. Te ofrecería un té, pero me gustaría salir cuanto antes y comprobar que Bert se encuentra bien.

–Claro –Lily le siguió hacia la puerta de entrada.

–Parece que el tráfico está especialmente mal esta mañana. El taxista ha tenido que parar al final de la calle.

–No importa –Lily sonrió–. Me gusta andar. Es un pasatiempo neoyorkino.

–Supongo que sí –le dijo Tristan.

De repente se sentía raro, después de todo lo que ella le había contado en el dormitorio. Tenía que andarse con cuidado. Era más peligrosa que nunca y, mirándolo retrospectivamente, acostarse con ella no había sido muy buena idea.

Lily esperó a que le abriera la puerta principal y salió delante de él. De repente se vieron rodeados de reporteros, por lo menos unos veinte. Habían conseguido colarse por la puerta exterior y estaban pisoteando todo el jardín, peleándose por obtener las mejores instantáneas. Gritaban sin parar y disparaban los flashes de las cámaras una y otra vez. Lily y Tristan fueron cegados momentáneamente. Era como una escena de una película de serie B. Tristan la agarró de la cintura y volvió a meterla dentro de la casa.

–¡Oh, Dios mío!

–Llamaré a la policía –dijo él, cerrando la puerta de golpe. Se volvió hacia ella y la agarró de la barbilla–. ¿Te encuentras bien?

–Sí. Ya te lo dije. Casi nunca me dan miedo ya. Y, de todos modos, me agarraste tan rápido que apenas tuve tiempo de verlos –sonrió.

Él deslizó un dedo por el contorno de su mejilla. Vio cómo se le dilataban las pupilas.

–Lo siento. Debería haber esperado algo así...

Tristan sacudió la cabeza. No sabía si estaba tan nervioso por lo que sentía, o por las hienas que estaban en el jardín.

–No sé cómo puedes vivir así.

Ella tragó con dificultad. No siempre es así. En Nueva York te siguen a veces, pero aquí es distinto.

–Es asqueroso.

–Lo siento.

Él masculló un juramento. Lily se encogió.

–Deja de disculparte. No es culpa tuya. En todo caso, es mía –se mesó el cabello y se sacó el teléfono del bolsillo–. Hazte un café o algo. Puede que tardemos un poco en salir.

–¿Quieres uno?

–No, gracias.

Después de hacer unas llamadas, se dirigió hacia el jardín posterior. Lily ya estaba allí, sentada en un banco, bebiéndose un té.

–Cambio de planes.

–Nos vamos a Hillesden Abbey en una hora.

–¿Cómo?

–En helicóptero.

–¿Helicop...? Pero hoy tengo la prueba del vestido con Jo.

–La tenías. La modista tendrá que ir a Hillesden Abbey esta semana.

–Pero no creo que Chanel...

–Sí. Sí que lo hacen. Y ahora, deja de discutir. En diez minutos llegará el coche que nos va a llevar a Heathrow.

–¿De Heathrow salen helicópteros?

–Normalmente, no.

Un rato después, una limusina avanzaba por Hampstead Lane, escoltada por dos motos de policía. Se detuvieron cerca de Kenwood House. Allí los esperaba un helicóptero rojo. Unos cuantos curiosos miraban con interés.

Tristan y Lily bajaron del vehículo. No había ningún paparazzi a la vista, afortunadamente.

–¿Puedes volar en uno de estos? –dijo Tristan, gritando a pleno pulmón.

Los rotores del helicóptero hacían un ruido ensordecedor.

–No lo sé. Nunca he subido en un helicóptero.

Él la ayudó a ponerse los cinturones de seguridad y metió las bolsas de viaje debajo del asiento.

–Yo soy el copiloto, pero avísame si te sientes mal.

–Estaré bien –dijo ella, intentando sonreír.

Era una superviviente y se adaptaba fácilmente a las circunstancias.

Él le dio unos cascos y se sentó junto al piloto. No quería pensar más en todas esas cosas admirables que había en ella. Estaba deseando irse a casa. Su padre estaba fuera de viaje de negocios y no llegaba hasta el viernes, día en que Jordana comenzaría con los eventos prenupciales. El campo siempre le revitalizaba. Además, Hillesden Abbey era enorme. Tenía doscientas habitaciones, espacio más que suficiente para poner algo de distancia entre Lily y él. Si no la tenía tan cerca, esa química que había entre ellos terminaría por remitir. Muy pronto sería otra cara bonita más, una entre un millón...

Capítulo 11

LILY pasó la última página de la obra y se quedó contemplando el fuego que Thomas, el mayordomo de la familia, había encendido para ella un rato antes. El escritor había retratado una faceta de sus padres que ella no conocía. Se había concentrado en la lucha, en la sed de fama, en vez de enfocarlo hacia las consecuencias solamente.

El resultado fue un aspecto de sus vidas que Lily solo conocía por los diarios de su madre, pero que la prensa rara vez comentaba. Era eso que siempre la hacía lamentar aquello en lo que se habían convertido. Esperaba que la lectura de la obra la llenara de rechazo hacia sus padres, hacia la forma en la que habían malgastado sus vidas, pero lo que no había esperado era sentir esa añoranza por ellos, ese deseo de tenerlos cerca para llegarlos a conocer de verdad.

Un tronco se partió entre las llamas. Lily se puso en pie y lo movió con el atizador de hierro. Después se volvió y fue hacia las estanterías de libros que abarcaban todo el perímetro de la enorme biblioteca de Abbey. Llevaba cuatro días en la milenaria casa de Tristan, un palacete de tres plantas, hecha de piedra, situada en medio de más de cuatro mil cuatrocientas hectáreas de parque, con jardines, bosques, un campo de polo y un lago. Daba largos paseos todos los días, como solía hacer con Jordana cuando era una adolescente. Acariciaba a los caballos en los establos, ayudaba a Jamie, el jardinero, a cuidar de las rosas de la pérgola de piedra, conversaba con la señora Cole, el ama de llaves, que parecía salida de una novela de Jane Austen.

En realidad la experiencia de pasear en soledad, sin el ajetreo de su vida diaria, era como volver a otro siglo. La única cosa que la hubiera hecho sentir mejor, no obstante, hubiera sido ver a Tristan más a menudo. Hasta ese momento solo lo veía durante la cena, y él siempre se mostraba fríamente cortés. Era como si fueran dos completos extraños.

Llevaba cuatro días encerrándose en su despacho, y apenas salía.

Lily se detuvo junto al tablero de ajedrez antiguo que estaba en la biblioteca y se sentó en una de las sillas verdes, gastadas de tanto uso. Al principio había pensado que Tristan quería recluirse en Hillesden Abbey para protegerse de la amenaza continua de los paparazzi, pero después se había dado cuenta de que también lo había hecho para poder esquivarla. Y no podía negar lo mucho que le dolía. Después de la disculpa que le había dado en Londres, había pensado que quizá podrían construir una amistad, pero era evidente que él quería otra cosa. Esa química que había entre ellos parecía haberse extinguido después de esa única noche que habían pasado juntos.

–¿Quieres jugar a un juego? –dijo una voz profunda desde detrás de la silla.

Lily se dio la vuelta bruscamente y se encontró con Tristan, mirándola desde la puerta. Estaba tan absorta en sus propios pensamientos que no le había oído entrar. El corazón se le aceleró al verle con esos vaqueros negros y ese suéter verde claro, del mismo color que sus ojos. Parecía tan elegante... Todo lo contrario que ella, en camiseta y pantalones de chándal.

–Yo... Si quieres... –dijo Lily.

Decir que sí no era la respuesta más adecuada, teniendo en cuenta todo lo demás. Él llevaba cuatro días sin hablar con ella prácticamente y... ¿De repente quería jugar al ajedrez?

—¿Quieres algo de beber?

—Sí —le dijo ella, sin saber si era una buena idea.

—Sé que no te gusta el whisky, pero mi padre tiene un jerez excelente.

—Claro —dijo ella.

Él fue hacia ella lentamente y ella se puso a recolocar los peones en sus casillas. No quería mirarle a la cara.

—Tú empiezas —le dijo él.

—¿Porque estás muy seguro de que vas a ganar?

Él esbozó una sonrisa peligrosa.

—Son las reglas del visitante.

—Oh.

—Pero, sí, estoy seguro de que puedo ganar —se sentó en una silla y se rio a carcajadas al ver la mirada de ella. No tenía ni idea...

—¿Es un desafío, lord Garrett? —le preguntó ella, mirándole con cara de póker.

—Ya lo creo, señorita Wild.

—Entonces prepárate para la derrota —Lily sonrió. El ajedrez siempre se le había dado bien. Era una de las cosas con las que se entretenía para matar el tiempo durante los rodajes.

Se inclinó hacia delante y apoyó las manos en las rodillas. La coleta le caía sobre un hombro. Se concentró en el ajedrez. Dado que estaba tan seguro de sí mismo, era de esperar que fuera un gran jugador y seguramente necesitaría hacer uso de todo su ingenio para derrotarle.

—Eres buena —le dijo él una hora más tarde, viendo cómo se mordía el labio antes de hacer el siguiente movimiento.

Hasta ese momento había sido capaz de responder a todos sus ataques y poco a poco la estaba dejando sin capacidad de maniobra.

–¿Has disfrutado de la piscina esta mañana? –le preguntó él, recostándose contra el respaldo del asiento y estirando las piernas a ambos lados de la mesa.

Ella levantó la vista.

–¿Cómo sabes que fui a nadar?

–Te vi.

–Pero no estabas allí.

–Sí que estaba.

Lily se aclaró la garganta.

–¿Entonces por qué no viniste a nadar conmigo?

–Te toca.

Lily miró el tablero. ¿De verdad había estado en la piscina? Pensando en ello, movió el alfil. Tristan lo agarró enseguida y le echó una de esas miradas autosuficientes.

–¡Oh! –Lily levantó la vista y se encontró con una sonrisa maliciosa–. ¡No es justo! ¡Tratabas de distraerme!

–Ha funcionado.

–Eso es hacer trampas.

–En realidad no. Sí que fui a la piscina –le dijo, bajando la voz.

–Entonces te lo repito, ¿por qué no te diste un baño? –levantó la barbilla con un gesto desafiante. Estaba segura de que él estaba jugando con ella.

–Porque no me fiaba de mí mismo –le dijo en un tono seductor.

¿Acaso estaba flirteando con ella?

El corazón de Lily se aceleró. Miró hacia otro lado inmediatamente. No estaba segura de querer saber la respuesta. De pronto sintió mariposas en el estómago. Miró el tablero sin verlo en realidad.

–¿No vas a preguntarme por qué?

Ella levantó la vista. La mirada de Tristan aún tenía ese brillo competitivo. Era fácil adivinar lo que pretendía.

–No –le dijo ella, en un tono un poco cortante–. Solo tratas de distraerme.

Él se rio sutilmente; el sonido de su risa fue como chocolate derretido para los hambrientos sentidos de Lily. Jugaron un rato más y finalmente Lily levantó las manos cuando él le acorraló al rey.

–Muy bien, ganas tú –sonrió, aunque el resultado ya no la sorprendía.

Después del comentario de la piscina, había perdido toda la concentración. Se preguntaba si no era el momento adecuado para irse a la cama. El ambiente se había vuelto distendido... Y el fuego repiqueteaba a sus espaldas... Era demasiado fácil olvidar que él estaba allí, con ella, bajo presión.

Tristan trató de ignorar el calor que le subía por la entrepierna. Sus ojos fueron a posarse directamente en la sonrisa de Lily, y después bajaron a sus pechos, duros y turgentes debajo de aquella camiseta holgada. ¿Llevaría sujetador?

Sí. Lo llevaba. De repente lo recordó. Era de color rosa... De repente sintió que su cuerpo se endurecía aún más al imaginársela delante de él, en ropa interior, con unas braguitas a juego.

Se levantó y fue a servirse otra copa. Necesitaba algo que hacer.

Llevaba toda la semana esquivándola. Solo la veía a la hora de comer... Pero ella se había mostrado tan distante en esas ocasiones que apenas habían hablado. Sí que la había visto, no obstante. La había observado mientras daba esos paseos por el parque, había escuchado su risa musical mientras ayudaba a Jamie a escoger las flores para la boda de Jordana, que tendría lugar dos días después. Había sido sincero con ella cuando le había dicho lo de la piscina. No se fiaba de sí mismo, pero ella no le había creído. No tenía importancia, no obstante.

La distancia no había logrado diluir el deseo que sentía por ella, las ganas de tocarla, de estar a su lado. Emociones que nunca había sentido amenazaban con engullirle de golpe. Ella era peligrosa, pero su atracción por ella resultaba fatal.

Aunque no quisiera, se volvió hacia ella, con la botella de jerez en las manos.

—Te sirvo otra —le dijo.

—No, debería... Irme a la cama.

Las palabras se quedaron colgando en el aire, pero él hizo caso omiso. Finalmente Lily no tuvo más remedio que levantar el vaso.

—Una más no te vendrá mal.

Cerró la botella y la dejó sobre la mesa. No sabía muy bien lo que estaba haciendo, pero sí sabía que no quería que se fuera.

—Mmmm. Esto está muy bueno —murmuró ella, bebiendo un sorbo.

Él se echó atrás y la miró fijamente.

Estaba preciosa, con el pelo alborotado recogido en una coleta. No llevaba nada de maquillaje y tenía las piernas cruzadas y dobladas. El aire parecía chisporrotear como los troncos que estaban en el hogar y, a juzgar por el tono carmín de sus mejillas, ella también lo sentía. Jamás le había parecido tan hermosa como en ese momento. O más nerviosa... Se preguntaba si echaría a correr si le describía la imagen que tenía en la cabeza.

—He visto que te gusta ir a pasear —le dijo, en un intento por distraerse.

—Oh, sí —dijo ella. El entusiasmo le iluminó la cara—. Es un sitio precioso. Tienes mucha suerte de tenerlo.

—¿Qué es lo que más te gusta?

—Es revitalizante, apacible. Y es tan tranquilo... Además, me gusta mucho que tu familia haya dejado el bosque tal y como estaba.

Tristan sintió una punzada especial. Era exactamente lo que él pensaba, ni más ni menos.

—Solían salir a cazar por aquí. Es por eso.

—Oh, pero no estropeéis el bosque —le dijo ella, haciendo una mueca de decepción.

Él se echó a reír.

—No te preocupes. Esta generación de Garretts no le va a hacer nada a Bambi.

Ella sonrió y la mirada tímida que le lanzó por debajo de las pestañas le golpeó en el pecho.

—Eso me gusta.

—Bueno, en realidad es porque no estamos aquí muy a menudo —le dijo él en un tono juguetón.

—No te creo. Y lo estás estropeando de nuevo —le dijo ella, agarrándose a ese tono falso que se escondía detrás de sus palabras.

—¿Por qué no vienes aquí, junto al fuego? —murmuró él. Nada más decirlo, se dio cuenta de su gran estupidez.

Pero ella hizo lo que le pedía. Atizó las brasas mientras se acomodaba sobre la alfombra persa.

—¿Cómo fue crecer en tu mundo? —le preguntó ella, observándole atentamente.

Él se sentó enfrente, con la bebida apoyada sobre una rodilla.

A Tristan no le gustaba hablar de sí mismo, pero acababa de invitarla a sentarse junto al fuego, y no podía ignorar su pregunta.

—Fue una vida de privilegios. Aburrida a veces. No fue muy distinta de cualquier otra vida, supongo, pero sí que tuve muchas oportunidades gracias al título que heredé... aunque eso también conlleva una serie de obligaciones.

—¿Qué quieres decir?

Él la miró fijamente y después volvió a mirar hacia el hogar.

–Tengo la idea de que nacer entre la nobleza te da una responsabilidad especial. Debes preservar la historia. Todo esto es extraordinario, grandioso, pero no es mío ni nunca lo será. Soy muy afortunado porque puedo cuidar de ello. Sí. Pero esta casa es parte de algo más grande...

–¿Es por eso que abres las puertas de tu casa al público en general?

–En parte, sí. La gente siente curiosidad por la historia del país, y mis ancestros han acumulado muchos artefactos que merecen ser vistos por todo el mundo, no solo por un puñado de privilegiados, sobre todo porque la mayoría de esos privilegiados no entienden la importancia de lo que tienen.

–¿Te refieres a la gente a la que no le importa de dónde vienen?

Esa pregunta tímida llamó la atención de Tristan y le hizo preguntarse si no había hablado demasiado. De repente sintió ganas de seguir, de sincerarse con ella, de hablar de muchas cosas de las que no podía hablar normalmente. Ella no era amiga de la prensa, así que no revelaría ninguno de sus secretos. Además, tampoco eran secretos al fin y al cabo.

–Mi abuelo bebía y jugaba mucho. En sus manos la propiedad se deterioró mucho. Mi padre tuvo que tener dos trabajos durante un tiempo para reconstruir la propiedad, pero a mi madre se le ocurrió la gran idea de vender algunos tesoros de la familia para ayudar... Esa fue su manera de ayudar... –no pudo evitar el amargor que le salía con las palabras.

–¡Oh, es terrible! –exclamó Lily–. Supongo que tu madre debía de ser muy infeliz como para intentar arreglar las cosas de esa forma...

Tristan le lanzó una mirada dura.

–Sí. Mi madre también hizo cosas horribles para llamar la atención de mi padre y... –dijo ella.

–Mi madre no trataba de conseguir la atención de mi padre –dijo él con resentimiento–. Trataba de conseguir más dinero para mantener su estilo de vida.

–Lo siento –dijo ella, tocándole el brazo un momento.

Él la miró, extrañado, y ella retiró la mano de inmediato.

–¿Y tu padre pudo recuperar algo?

–No –dijo él–. Pero yo sí pude.

Lily hizo una pausa.

–Veo que no te llevabas muy bien con tu madre, ¿no?

Tristan puso otro tronco en el hogar y se mesó el cabello. De repente se dio cuenta de que había hablado más de la cuenta. ¿Qué iba a contestarle? ¿Iba a decirle que le hubiera perdonado cualquier cosa a su madre si ella le hubiera mostrado algo de afecto auténtico durante su infancia?

Pero algo sí le había demostrado...

–Mi madre no era la persona más maternal del mundo, y a medida que me fui haciendo mayor, le perdí mucho el respeto –reparó en el cuaderno que estaba junto al hogar y se dio cuenta de que era la obra que Lily había estado leyendo–. ¿Qué estás leyendo? –le preguntó, sintiendo curiosidad.

Lily resopló.

–Esa no ha sido una forma muy sutil de cambiar de tema, milord. Y tampoco ha sido una estrategia muy acertada. Es una obra sobre mis padres.

–¿Esa por la que te preguntó ese reportero canalla?

–Sí.

–Pero no quieres hacerlo, ¿no?

–No.

Él guardó silencio un momento y la observó atentamente, preguntándose por qué albergaba tanta reticencia hacia la idea de participar en la obra.

–Háblame de ti –le dijo, sorprendiéndose a sí mismo.

Ella también le miró con ojos de sorpresa. Sacudió la cabeza.

–¿Y qué me das a cambio?

–¿Por qué te llamas Lily en vez de Honey? –le preguntó él, ignorando su provocación.

Por un momento creyó que ella no iba a contestar, pero entonces le lanzó una de esas sonrisas enigmáticas. Estaba evitando algo.

–Mi padrastro pensó que sería buena idea que me cambiara el nombre. Ya sabes... Reinventarme... Empezar de cero... –se rio, como si tuviera gracia.

–¿Cuántos años tenías?

–Siete.

–¡Siete!

–Al principio fue un pequeño trauma. Pasé seis meses sin hablar con nadie después de la muerte de mis padres. Además, ellos no eran precisamente las personas más normales del mundo, así que sí fue una buena idea.

–Jordana dijo que te pusieron el nombre por tu madre.

–Sí. Digamos que sí. Ella era sueca y su nombre era Hanna, Hanny. Cuando se fue a vivir a Inglaterra, parecía que decía Honey por su acento, así que todo el mundo la llamaba así. Supongo que a mis padres les gustó el nombre, y es por eso que me pareció buena idea cuando Frank me sugirió que me lo cambiara. Me liberaba para ser yo misma –se detuvo y el rubor le tiñó las mejillas.

Tristan no estaba de acuerdo. Conocía a Frank Murphy. Su despacho se había hecho cargo de una demanda en su contra unos años antes. Tenía fama de ser un idiota egocéntrico.

Y también estaba al tanto de la historia de Hanny Forsberg. La madre de Lily se había casado con él en un arrebato romántico para abandonarle por su gran amor tan solo una semana después. Y esa misma noche, había muerto en brazos de su amante. Frank Murphy no debía de habérselo tomado muy bien, y a lo mejor se lo había hecho pagar a Lily.

–No creo que eso haya sido el único motivo por el que lo hizo –le comentó él, terminándose el whisky.

Puso el vaso vacío detrás de él.

–¿Qué quieres decir?

–Quiero decir que Frank Murphy es un cerdo egoísta que seguramente velaba por su propio interés antes que por el tuyo.

–Frank no es así.

–Vamos, Lily. Frank Murphy utiliza a la gente. Todo el mundo lo sabe. Y el beneficio que sacó de acoger a la hija huérfana de Hanny fue enorme.

–A lo mejor.

Tristan vio el destello de dolor que encendía sus ojos. Lily cambió de postura y se acercó al hogar. Estiró las manos hacia las llamas. Él se preguntó qué le pasaría por la cabeza en ese momento.

–Te he molestado –le dijo, sacudiendo la cabeza.

–No.

–Sí. No quería decir que Frank no se preocupaba por ti. Seguro que sí lo hizo.

–No. No lo hizo. En realidad, no.

–Lily, cuidar de un hijo ajeno es una gran responsabilidad. Estoy seguro de que...

–No había nadie más.

–¿Disculpa?

–Nadie más me quería –ella se encogió de hombros como si estuvieran hablando de algo sin importancia alguna, algo como el tiempo–. Cuando mis padres murieron, no tenía adónde ir. Hubiera acabado en un orfanato del estado si él no se hubiera hecho cargo.

–¿Y tus abuelos?

–Los de Johnny habían muerto y los de mi madre eran muy mayores. Además, la desheredaron después de sus primeras fotos en topless.

–Pero Johnny tenía un hermano, si no recuerdo mal.

–Por desgracia, estaba mucho peor que su hermano y cuidar de una niña de siete años no estaba en su lista de prioridades.

–Tu madre...

–No había nadie, ¿de acuerdo? No tiene importancia. Creo que me voy a la cama.

–¡Espera!

–¿Por qué?

–Estás enfadada.

Lily se estremeció como si acabara de pasar una ráfaga de viento frío.

–¿Sabías que los encontré? –estiró las manos hacia el fuego–. La policía me lo ocultó, pero yo encontré los cuerpos de mis padres. Era domingo por la mañana y se suponía que iban a hacer magdalenas de arándanos y a llevarme al parque. Johnny había prometido que sería un día en familia. Pero cuando me desperté me encontré a mi madre tirada en el sofá con vomito en el pelo y mi padre estaba en el suelo a sus pies. Fue como una especie de tragedia griega. Si mi madre hubiera podido ver la escena, sin duda hubiera disfrutado de la ironía de ver por fin a mi padre en esa postura de súplica –soltó una risotada y por un momento pensó que había terminado de hablar, pero entonces siguió adelante–. Al principio traté de despertarlos, pero entonces ya lo sabía –sacudió la cabeza con un gesto de impotencia–. Hay algo en la quietud de un cadáver que incluso un niño pequeño puede comprender. Yo lo sabía... Lo sabía aunque no supiera qué estaba pasando. Sabía que nunca más los volvería a ver.

Se quedó contemplando las llamas durante unos minutos. Tristan apretó los puños.

Y entonces ella se estremeció un instante y esbozó una sonrisa optimista.

–Dios, llevo años sin pensar en ello –se volvió hacia el hogar y bebió un sorbo del jerez que apenas había tocado hasta ese momento.

Claramente estaba avergonzada y triste... Tristan sintió una presión en el pecho. Jamás hubiera imaginado el trauma por el que había pasado a una edad tan temprana.

–Ahora estoy bien. Ya lo he superado –le dijo ella, intentando imprimir algo de entusiasmo a sus palabras.

Pero no era cierto. Tristan sabía que no era verdad.

–No lo estás. Creo que te escondes detrás de los personajes que fueron tus padres, controvertidos y mediáticos. Y has creado ese mismo personaje controvertido para ti, para los medios, casi como si usaras tu pasado a modo de escudo para que la gente no pueda ver a la verdadera persona que hay en ti.

Lily se puso tensa. La sorpresa estaba escrita en sus rasgos. Y entonces Tristan recordó cuándo había visto esa expresión en su rostro por primera vez.

Justo después de hacer el amor aquel día...

Capítulo 12

LILY se quedó mirando a Tristan. Deseó que la tierra se abriera ante ella y que se los tragara a los dos. Hasta ese momento había pasado un buen rato, pero él acababa de arruinarlo todo.

–No sabes de qué estás hablando –le dijo ella, dejando su vaso sobre la repisa del hogar. Tragó con dificultad, tratando de deshacer el nudo que se le había hecho en la garganta.

Estaba a punto de llorar. Llorar... Pero ella nunca lloraba y no iba a hacerlo en presencia de Tristan.

–Lily...

Ella se puso en pie rápidamente.

–Yo...

Las palabras no le salían. Dio media vuelta y trató de huir, pero no llegó muy lejos. Tristan la interceptó.

–No puedo dejar que te vayas así –le dijo él, obligándola a darse la vuelta para poder mirarla a la cara.

Lily se echó a llorar. Trató de apartarle, pero era inútil. Le dio golpes en el pecho.

–Suéltame. Suéltame.

–Lily, lo siento. Soy un tonto insensible. Y el otro día tenías razón. No sé nada.

Eso la hizo sentir aún peor. Escondió el rostro entre las manos, incapaz de aguantar más las lágrimas.

–Sh, Lily, sh... –Tristan la abrazaba con fuerza–. Déjame consolarte –le decía en un susurro. Su voz estaba cargada de emoción.

Lily trató de resistirse, pero de alguna manera todos

los acontecimientos de la semana convergieron en uno solo y la convirtieron en un mar de lágrimas. No pudo resistirse cuando Tristan se sentó en el sofá y la hizo sentarse sobre su regazo.

Siguió acariciándola cuando las lágrimas remitieron. Lily se apoyó contra él. La cabeza le daba vueltas. Inspiró profundamente y soltó el aliento; su cuerpo se fue relajando poco a poco, en los brazos de Tristan. Sintió una de sus manos en la cabeza, acariciándola hasta la nuca, de la misma forma en que se consuela a un niño que llora, igual que su madre solía consolarla. De pronto le vino a la cabeza el consejo de su padre, acudiendo en su rescate, pero por primera vez no funcionó. Sí que le importaba lo que la gente pensara. Lentamente, levantó la cabeza y le miró. Sabía que debía de tener un aspecto horroroso. Para su sorpresa, Tristan se cubrió la mano con la manga de su caro jersey de cachemira y le limpió los ojos y la nariz.

—Qué asco –murmuró ella, agachando la cabeza.

—Era todo lo que tenía –le dijo él, encogiéndose de hombros y riéndose a carcajadas.

Lily sonrió. Estar en sus brazos le daba una seguridad que no había tenido desde la muerte de sus padres, y aunque una parte de ella le dijera que era mejor apartarse, que ya se había humillado bastante, los brazos y las piernas no la obedecían.

«Pero nada de esto es real...», se dijo.

—Ya me puedes dejar –le dijo tranquilamente, empujándole con suavidad a medida que esos pensamientos inquietantes desfilaban por su mente.

Al ver que Tristan no tenía intención de soltarla, le miró a los ojos.

—He dicho que puedes soltarme ya –repitió, por si acaso no la había oído.

—Sí que lo he oído –dijo él, asintiendo, pero no se movió.

–Creo que... Creo que debería irme a mi habitación a llorar yo solita.

–Bueno, a mí siempre me han dicho que es mejor llorar acompañado.

–Tristan, por favor... No puedo hacerlo. Tenías razón. Soy una cobarde. Necesito... necesito tiempo para pensar.

Tristan le puso el brazo alrededor de los hombros, impidiéndole que se apartara.

–Pensarlo es lo peor que puedes hacer ahora mismo. Y yo nunca he dicho que fueras una cobarde –le dijo, enredando los dedos en su pelo–. Eres una de las personas más valientes que conozco. Y eres fiel, y cariñosa, inteligente... Te has enfrentado a una acusación de drogas con entereza y dignidad, y tienes un espíritu generoso. Es por eso que la gente se siente tan atraída por ti.

–La gente se siente atraída por mí por mi aspecto, y por mis padres.

Él le dio un golpecito en la punta de la nariz y ella se encogió un momento.

–Eres demasiado joven para ser tan cínica. Y eres más que la suma de las partes, Lily Wild.

Lily sintió que las lágrimas volvían a sus ojos. Escondió el rostro contra su hombro.

–Eres buena persona. ¿Cómo es que no muestras ese lado tuyo más a menudo?

Él se puso tenso un momento.

–Ya te he dicho que no soy buena persona. Solo te digo todo esto para que te sientas mejor.

–Oh –Lily se echó a reír. Se sentó a su lado–. Tenías razón antes. He usado mi pasado como una especie de escudo.

–Eso lo entiendo, teniendo en cuenta las experiencias que has vivido.

Lily hizo una pausa.

–A lo mejor. Pero también me ha impedido reconocer cosas como... como que he pasado años avergonzada de mis padres, de cómo murieron. Y he dejado que ese amor destructivo que se tenían empañara mi relación con la gente. Ya ves... Mi madre mantuvo un diario durante años. Básicamente, ella y Johnny se provocaban y se peleaban. Él se iba con sus amiguitos y mi madre se quedaba llorando, maldiciéndole... hasta que volvía y todo empezaba de nuevo.

Tristan guardaba silencio. Lily jugueteaba con su jersey, sin darse cuenta.

–Parece que el problema no era tanto por lo que sentían el uno por el otro... Más bien era por lo que sentían por sí mismos.

–¿Qué quieres decir? –le preguntó ella, echándose atrás para mirarle mejor.

Él se encogió de hombros.

–Imagino que Johnny Wild se quería demasiado a sí mismo, y tu madre no se quería lo bastante.

Lily digirió sus palabras y entonces soltó el aliento bruscamente.

–Claro. ¿Cómo es que nunca me di cuenta?

–A lo mejor estabas demasiado cerca de los árboles como para poder ver el bosque, ¿no?

Ella sacudió la cabeza.

–Eres muy listo. ¿Lo sabes?

No. De haber sido más listo, se hubiera levantado en ese mismo momento y se hubiera ido a la cama, en vez de preguntarse qué haría ella si le soltaba la coleta. De haber sido más listo, se hubiera cuestionado esa necesidad que tenía de consolarla, de tocarla...

–No siempre –reconoció, sintiendo cómo se espesaba el aire a su alrededor, tratando de ignorar el tacto de sus manos sobre el pecho–. Tienes que dejar de hacer eso.

La oyó contener el aliento al oír sus palabras.

–¿O...?

Él apretó los dientes, consciente de la invitación que contenía esa palabra tan corta.

–No hay ningún «o».

–¿Por qué no?

–Lily, tienes las emociones a flor de piel.

Ella le miró a los ojos.

–¿Y tú no las tienes a flor de piel? –le preguntó, mirándole con los ojos enrojecidos de tanto llorar.

Tristan quería que dejara de mirarle como si fuera mejor de lo que era en realidad.

–Eso no es emoción, cariño. Es sexo. Y nunca se deben confundir el uno con el otro.

–Créeme. Lo sé –le dijo ella. Soltó el aliento, pero no movió la mano, sino que la deslizó por el pecho de Tristan hasta llegar al cuello redondo de su jersey. Deslizó la punta del dedo por su clavícula.

–Lily...

–Quiero hacer el amor contigo.

Tristan también lo deseaba, pero... ¿Podía arriesgarse a ello?

Ella notó su reticencia y sus ojos se nublaron.

–Lo siento. Mira, si no quieres, lo entiendo.

–¡Que no quiero! –estiró las manos para impedirle que se pusiera en pie–. Lily, me vuelves loco.

Ella le lanzó una mirada de sorpresa y él casi se rio. ¿Acaso no sabía el efecto que tenía en él? ¿Acaso no sabía por qué se había pasado cuatro días lejos de ella?

–¿En serio?

–Oh, claro que sí –la miró de arriba abajo–. Completamente loco.

Ella enredó las manos en su cabello de forma tentativa y entonces le dio un beso. Tristan gimió. Estaba en el cielo y no podía luchar contra los dos.

Le sujetó las mejillas con ambas manos y le devolvió el beso. La hizo tumbarse sobre el sofá y le metió las manos por dentro de la camiseta. Ella gimió también y arqueó la espalda. Tristan se sentía como un hombre hambriento al que le ofrecían un festín digno de un rey. Le subió la camiseta y empezó a chuparle un pecho, tirándole del pezón, lamiéndola, dejándose embriagar por el perfume de su cuerpo.

—¡Tristan! —le dijo ella, retorciéndose.

Sus movimientos alimentaban la sed de Tristan. Le quitó el pantalón y las braguitas rápidamente y se arrodilló en el suelo delante de ella. Ni siquiera le importaba sentir la dureza de las tablas en las rodillas. Le abrió las piernas...

—Tristan...

Su voz sonaba insegura. De pronto Tristan recordó que había sido virgen hasta unos días antes. A lo mejor nadie le había hecho algo así hasta ese momento. Rápidamente empezó a tocarla con más sutileza, masajeándole la piel hasta que vio cómo sus músculos perdían la rigidez.

—Suéltate el pelo —le susurró, viendo cómo le subían los pechos por debajo de la camiseta con cada movimiento.

Una nube de oro se extendió alrededor de sus hombros. Tristan aspiró profundamente.

—Y ahora la camiseta.

Siguió acariciándole la cara interna de los muslos, separándoselos más y más. Podía sentir ligeros temblores que recorrían su piel.

Ella se quitó la camiseta por fin. Tenía los pechos duros, los pezones erectos como capullos rosados. Deseaba capturar uno entre los labios, pero tenía otra cosa en mente.

—Déjame... —le dijo. El deseo retumbaba en su torrente sanguíneo—. Siempre te he deseado así.

Ella se humedeció los labios y arqueó la espalda al

tiempo que Tristan movía las manos hacia arriba, acercándola al borde del sofá. Finalmente metió los dedos entre los suaves rizos de su sexo.

Ella estaba húmeda y lista. Tristan bajó la cabeza y la devoró con los labios, con la lengua, con los dedos. Ella hacía los sonidos más sensuales que se podían imaginar, y cuando por fin llegó al clímax, él pensó que también podría llegar, lamiéndola frenéticamente hasta saciarse de su sabor. Después se incorporó y entonces la desesperación más arrolladora se apoderó de él. Se quitó la ropa rápidamente y se puso un preservativo. Ella se incorporó también, pero él sacudió la cabeza. Había querido tomarse las cosas con calma esa vez, pero no había podido. Si ella llegaba a tocarle, probablemente no podría aguantar ni un segundo más.

–La próxima vez –le prometió.

La tomó en brazos y la llevó junto al hogar.

–Tengo que estar dentro de ti ahora.

–Oh, sí –ella extendió las manos hacia él.

Tristan se acomodó sobre ella y la penetró con una embestida poderosa y profunda. El cuerpo de Lily le aceptó más fácilmente esa vez, pero él quiso darle un segundo para acostumbrarse de todos modos. Sin embargo, ella no estaba dispuesta a esperar. Enroscó las piernas alrededor de su cintura.

–Más –le dijo, suplicando, intentando moverse debajo de él.

Tristan no pudo resistirse a esa petición desesperada y empujó con todas sus fuerzas, conduciéndolos al éxtasis más exquisito, llevándolos más allá de las estrellas.

Capítulo 13

VUELVO enseguida –murmuró Tristan contra los labios de Lily.

Ella se tumbó sobre la almohada. Casi había sentido náuseas esa mañana. Se había despertado a primera luz del día, justo cuando Tristan trataba de levantarse de la cama sin hacer ruido, para no despertarla. Se había puesto sus vaqueros y después se había dado cuenta de que ella le observaba. Parecía tan distante... Pero entonces la había devorado con los ojos, había caminado hasta ella y la había besado.

–Voy a hacerte una taza de té –le había dicho en un susurro.

Ella había sonreído y había deslizado una mano sobre su pecho desnudo. Realmente no quería té. Solo le quería a él...

Con la mirada fija en el techo, Lily se dejó invadir por los recuerdos de la noche anterior. Él le había dicho que lo volvía loco y había gritado su nombre con desesperación al llegar al clímax. Le había prometido que iría despacio, pero al final había sido al contrario. Lily, sin embargo, no tenía queja alguna. La urgencia, la emoción... la forma en que él la tocaba, cómo se preocupaba por ella... Amaba todo lo que él le daba, todo lo que era.

Se tapó la cara con las manos. Le amaba...

«Oh, Dios...».

¿Era cierto?

Repitió las palabras en su cabeza, una y otra vez, poniéndolas a prueba. El corazón se le llenó de gozo. No podía amarle. Pero le amaba, total y locamente.

Lily rodó sobre sí misma, se puso boca abajo y agarró la almohada. ¿Qué podía hacer?

No esperaba que él le declarara amor eterno, pero no podía evitar desearlo... Miró el reloj que estaba sobre la mesita de noche. Ya eran las nueve y media. Además, era viernes. Jordana tenía que ir a Hillesden Abbey esa mañana para empezar con los festejos previos a la boda. Después irían a comer con un par de amigas y después tendrían una cena de ensayo con la familia y los amigos más íntimos. A lo mejor debía darse una ducha rápida antes de que Tristan volviera... O a lo mejor debía ir a buscarle para recordarle que Jordana estaba a punto de llegar. De repente empezó a sonar el teléfono y todos sus dilemas se disiparon de golpe. Apartó la sábana, saltó de la cama y fue a buscar el bolso. Después de mucho rebuscar, finalmente pescó el teléfono móvil y miró la pantalla. Era el inspector que estaba trabajando en su caso.

El caso... Casi lo había olvidado de tanto pensar en Tristan.

–Buenos días, inspector.

–Señorita Wild –su tono de voz, educado y cortés reverberó en la línea telefónica–. Le pido disculpas por no haberle dado la noticia en persona. El trabajo no me permite desplazarme hasta Hillesden Abbey, y lord Garrett insistió en que le diéramos cualquier noticia sobre el caso lo antes posible.

Lily tragó con dificultad. Las palmas de las manos le sudaban.

–Y... ¿Hay alguna novedad?

–Es más que una novedad, señorita Wild. Hemos resuelto el caso. O quizá debería decir que lord Garrett lo ha resuelto.

–¿Tristan? –Lily sacudió la cabeza.

–Lord Garrett contactó con nosotros hace dos días. Había encontrado una discrepancia entre la información que nos mandó la aerolínea y lo que le llegó a él por correo electrónico.

–No lo entiendo.

–Una de las auxiliares de vuelo que estaba de servicio durante su vuelo no estaba en la lista de personal que nos dieron, y por tanto no fue entrevistada ni tampoco se le tomaron las huellas digitales. No fuimos conscientes del cambio de última hora porque la persona que se ocupaba del cambio de personal había olvidado enviar la información a la administración. Como nos dieron la lista original, la auxiliar sustituta no aparecía en ella y por tanto no fue parte de la investigación inicial.

Después le explicó que Tristan había advertido el error rápidamente y que había informado a la policía sin demora.

–Pero ¿por qué lo hizo?

–La auxiliar de vuelo llevaba una pequeña cantidad de narcóticos para ganarse un poco de dinero extra. Cuando supo que los perros no solo examinarían el equipaje de los pasajeros, sino también el de la tripulación, le entró un ataque de pánico y usted era un blanco fácil. Sabía quiénes habían sido sus padres y esperaba que eso sirviera para desviar la atención.

Lily permaneció en silencio, tratando de procesar la información.

–¿Qué pasa ahora entonces?

–Es libre, señorita Wild.

–¿Y la orden de custodia?

–Será revocada por el juez en algún momento del día de hoy.

Lily le dio las gracias al detective y se quedó sentada durante unos segundos, totalmente sorprendida.

Era libre. Agarró el teléfono con fuerza y lo apretó contra su pecho. Trató de sacarle sentido a todo aquello. Era tan absurdo... Qué triste que solo se recordara a sus padres por las drogas, y no por su talento artístico. En el pasado esa idea la ahogaba, la asfixiaba... Pero después de la conversación que había mantenido con Tristan la noche anterior, era capaz de ver que sus padres solo eran humanos, tan humanos como cualquier otra persona. Habían cometido errores, y los habían pagado muy caro, pero al menos lo habían intentado. No tenía por qué estar de acuerdo con la vida que habían elegido, pero tampoco tenía derecho a juzgarles y a condenarles. El autor de la obra que había leído, a diferencia de la mayoría, no les juzgaba. Había escrito un relato divertido, divulgativo y finalmente trágico de sus vidas, y lo había hecho de una forma sentida y hermosa. Y, si decidía representar el papel de su madre, podía ser un regalo para ellos, un regalo para sí misma.

De repente sintió que le faltaba el aire.

Tristan. Quería hablar con él, compartirlo con él porque sabía que él lo entendería.

Era libre. Y él la había creído. La había ayudado. Se levantó del sofá y agarró las primeras prendas de ropa que encontró en el suelo. Quería sentir los brazos de Tristan a su alrededor mientras le daba la noticia. O quizá él ya lo supiera... Pero eso le daba igual. Quería llevárselo arriba y hacer el amor con él, deslizar los dedos sobre su barbilla, dejarse pinchar por su barba de la mañana, deslizar las manos sobre su pecho y tomarle en sus manos, hacer lo que él le había impedido la noche anterior.

El corazón se le aceleró.

¿Y si había trabajado en el caso para librarse de ella de una vez y por todas?

Ese pensamiento, horrible y destructivo, pasó por su mente como una negra sombra, pero Lily consiguió ahuyentarlo. Ya estaba cansada... Era hora de enfrentarse a sus miedos.

–No me lo podía creer cuando la señora Cole me dijo que estabas en la cocina, preparando el té. ¿Y por qué estás a medio vestir a las nueve y media de la mañana? Normalmente te levantas a primera hora.

Tristan se volvió al oír la voz de su hermana. Estaba medio vestido porque había salido de la habitación de Lily rápidamente, y había olvidado el jersey.

–¿Qué estás haciendo aquí? –le preguntó en un tono un poco brusco.

–Resulta que mañana tengo una cosa que se llama boda en un caserón de por aquí. ¿Recuerdas?

Tristan se frotó el vientre.

–Quería decir en la cocina...

–No respondiste al mensaje de Oliver anoche. Te preguntaba si querías reunirte con él en el campo de polo a las once y media, así que cuando la señora Cole me dijo que estabas aquí, pensé que era buena idea recordártelo. ¿Qué estás haciendo aquí?

–Preparo té. ¿A ti qué te parece? –apartó la vista de su hermana y se dedicó a contemplar el hervidor que había puesto en el fuego.

–¿Para quién?

–¿No dijiste que tenías que ir a algún sitio?

Jordana ladeó la cabeza y arrugó los párpados.

–¿Por qué tienes el pelo todo alborotado? ¿Y esa marca que tienes en el hombro...? Oh, Dios –se tapó la boca con la mano, haciendo un gesto melodramático–. ¡Tienes a alguien arriba!

Tristan siguió la mirada de Jordana hacia su hombro derecho y vio la impresión de las uñas de Lily en su piel.

–¿Y bien? –le preguntó Jordana, reclamando la atención de sus ojos.

–No es asunto tuyo. Y baja la voz –se volvió hacia el hervidor, que aún estaba al fuego, y llenó la tetera. En ese momento deseó no haberle dicho a la señora Cole que se fuera cuando se le había ofrecido para prepararle el té.

–Ya lo averiguaré. Quiero decir que... tiene que bajar en algún momento.

Tristan frunció el ceño. Se alegraría mucho cuando terminara todo el lío de la boda y su querida hermana volviera a la normalidad.

–Déjalo, Jo.

–¿Por qué? Ella debe de ser importante. ¿Alguien especial?

Él volvió a poner el hervidor sobre el quemador y la ignoró.

–A lo mejor es un chico –dijo su hermana, provocadora.

–¡Jordana!

–Era una broma, hermanito. Vaya, Louise, ¿dónde está tu sentido del humor?

Tristan le dio la espalda y se hizo la misma pregunta.

–Muy bien –Jordana se inclinó contra el banco–. Le preguntaré a Lily. Ella lo sabrá.

Él puso la taza sobre la bandeja de un golpe.

–No vas a preguntarle nada a Lily. Y mantén las narices fuera de mi vida.

–Pero ¿por qué te pones así? Solo te estoy tomando el pelo.

–No estoy de humor.

–Bueno, eso es evidente. ¿Y dónde está Lily?

–En su habitación.

–¿En serio? –Jordana levantó las cejas–. ¿Cómo puedes estar tan seguro? ¿Y eso no es té con menta? El favorito de Lily.

–He dicho que dejes el tema, Jordana.

–Oh... Dios... Mío... Es Lily –se llevó las manos a la boca–. ¡Te has acostado con mi mejor amiga!

–Jo...

–Estoy tan emocionada. Le dije a Oliver que me parecía que había algo raro entre vosotros el otro día en el restaurante. Lo sabía. Esto es genial.

–Jordana, no es genial.

–Lo es. Creo que estás enamorado de ella. Cómo la mirabas la otra noche durante la cena... Le dije a Oliver que es cosa del destino. Lily estaba en un aprieto y tú la rescataste. Algo que tenía que ser...

Tristan se encogió como si le hubiera dado una bofetada. No estaba enamorado de Lily Wild.

–Jordana, eres una soñadora. Si me importara Lily Wild, nunca sería algo serio, así que ya te puedes olvidar de esa fantasía romántica.

–¿Por qué?

–Porque no estoy listo para casarme, y aunque lo estuviera, Lily no es una de nosotros. Y ahora, si no te importa, tengo que empezar el día.

Jordana no se movió.

–No seas prepotente.

–Puedes verlo como te dé la gana, pero yo tengo responsabilidades, y, si he aprendido algo de nuestros padres, es que el amor no es para siempre. A lo mejor tú quieres creerte ese cuento de «vivieron felices y comieron perdices», pero esas son excepciones que confirman la regla. No tengo intención de caer en la misma trampa que mi padre, casándome con una mujer bien puede estar buscando una puerta para entrar en nuestra sociedad, una mujer que saldrá corriendo cuando vea que el título de duquesa conlleva mucho más que beber champán e ir de compras.

–Lily no es así.

Tristan lo sabía, pero también necesitaba decirle algo a su hermana para quitársela de encima. Y no podía decirle que tenía miedo de lo que sentía por Lily.

–Me da igual. No necesito amor y no quiero a Lily Wild. Ella es especial para ti, no para mí. Personalmente, estoy deseando que termine todo esto para seguir con mi vida. Y cuanto antes te metas eso en la cabeza, más feliz serás. Toma... –le dio la bandeja. La taza se tambaleó–. Llévaselo, ¿quieres? –sacudió la cabeza–. Dile lo que quieras.

–¿Puedo decirle que creo que tienes mucho miedo y que estás dejando que los errores de nuestros padres te impidan ser feliz? –le preguntó con suavidad.

Tristan le lanzó una mirada afilada y salió de la habitación. Subió las escaleras de dos en dos y buscó refugio en su habitación. Apoyó las manos en el lavamanos del cuarto de baño y se miró en el espejo. Lily no era un error. Era hermosa, por dentro y por fuera. Jamás debió acostarse con ella de nuevo. Seis años antes le había costado mucho sacársela de la cabeza y probablemente no podría volver a hacerlo cuando ella se marchara por segunda vez.

Cuando se marchara... Ese pensamiento le provocaba el pánico más absoluto. Porque aún no había terminado con ella. Y a juzgar por su mirada esa mañana, ella tampoco había terminado con él. Habían empezado algo la noche anterior. No era nada permanente, pero sí era algo que merecía la pena continuar, durara lo que durara.

Jo había conseguido asustarle. Le había hecho pensar que era algo más de lo que era en realidad. Pero Lily no estaba interesada en relaciones a largo plazo, ni tampoco en los finales felices para siempre. No era eso lo que le había dicho la noche anterior en Élan? ¿Qué era lo que le preocupaba tanto? No tenía por qué terminar las cosas de una forma tan abrupta. Podía dejar que siguieran su curso tranquilamente.

Lily se apretó contra la pared del pasillo al tiempo que Tristan salía de la cocina. Tenía las manos sobre el pecho, como si eso fuera a hacerla invisible. Pero él no la vio de todos modos. Estaba demasiado furioso.

La joven dejó caer la cabeza contra la pared. No era ningún tópico que aquellos que escuchaban detrás de las puertas rara vez oían algo bueno sobre sí mismos, y Lily aún estaba tratando de asimilar lo que había oído. Le había oído decir que no era especial, que era una más, que no la quería y que no podía esperar a que terminara el caso para recuperar su vida.

Jordana había dicho algo después, pero su voz suave no se oía bien y no había podido captar casi nada de lo que decía. Lily fue consciente de los rítmicos latidos de su corazón al tiempo que sus pensamientos convergían. A esas alturas ya no podía quedarle ninguna duda de lo que él había sentido esa mañana. El beso que le había dado no había sido real. Pero ¿por qué se lo había dado? ¿Por pena?

Tambaleándose un momento, Lily trató de recuperar el equilibrio. Ojalá hubiera podido retroceder diez minutos en el tiempo... No debería haber bajado a buscarle. O quizá sí... A lo mejor era mucho mejor saber lo que él pensaba en realidad.

De repente oyó un ruido proveniente de la cocina. Voces... Se volvió rápidamente y echó a correr hacia las escaleras antes de que Jordana saliera con el té. Logró llegar a su habitación sin que nadie la viera. Se apoyó contra la puerta, jadeante, sin aliento. Esas palabras furiosas de Tristan se repetían en su cabeza una y otra vez como un disco rayado. No la amaba. No quería amarla y nunca lo haría. No era lo bastante buena para él.

Parpadeó. La ducha. Se metería en la ducha directamente para que Jordana no pudiera ver lo afectada que estaba. Jamás había esperado que Tristan se despertara enamorado de ella, pero... ¿Realmente pensaba que iba a por su título?

De repente se acordó de su madre, llorando y bebiendo por un hombre que no la amaba. Por fin podía entender cómo era amar sin ser correspondida... Pero ella no era como su madre. Mantendría la cabeza bien alta, le diría a Tristan que lo había pasado muy bien y se iría sin más.

–Lily...

Era Jordana, desde la otra habitación...

Capítulo 14

D ÓNDE estaba ella?
Tristan frunció el ceño y se apoyó contra uno de los paneles de roble, profusamente tallados, que cubrían la pared del salón. Estaba tomando un aperitivo y hablando con uno de los primos de Oliver mientras esperaba al resto de invitados para la cena de ensayo.

Un camarero circulaba discretamente entre los invitados. Tristan miró más allá de las dobles puertas, hacia las mesas, donde tendría lugar el festín. Iban a ser veinticuatro personas, amigos cercanos y familiares de Oliver y de Jordana. Según podía ver, casi nadie había llegado. Lily no habría bajado todavía.

Debería haber estado de mejor humor, dado que su hermana se iba a casar con uno de sus mejores amigos al día siguiente, pero no era capaz de poner mejor cara. Después de la discusión que había tenido con Jordana esa mañana, el día no había hecho más que ir de mal en peor.

No había estado nada fino durante la partida de polo, y para colmo de males, Oliver le había dicho que la sorpresa que Jordana le había preparado a Lily era ponerla al lado de sus tres primos solteros durante la cena.

Tristan había abandonado el juego nada más oírle y se había ido a buscar a su hermana. Le había exigido que reorganizara a los invitados de forma que pudiera sentarse al lado de Lily, pero Jordana le había dicho que Lily ya le había pedido que la dejara en ese lugar.

Su hermana también se había disculpado por su comportamiento de esa mañana.

–Lily me aclaró las cosas. Me dijo que había hecho caso a mi consejo y que solo trataba de soltarse un poco teniendo una aventura contigo, pero que todo había terminado ya.

Tristan se había limitado a asentir con la cabeza, pero en realidad no había oído mucho más después de la palabra «aventura»... ¿Eso significaba que Lily quería sentarse al lado de uno de los primos de Oliver? ¿Ese armario empotrado con el que había tratado de conversar? Solo podía esperar que no fuera así, porque mirándolo fríamente, el hombre debía de ser todo un Casanova. Si a Lily le gustaban los tipos guaperas y fuertes, entonces Hamish Blackstone sería su tipo sin duda. Volvió a buscarla con la mirada y trató de poner buena cara. ¿Dónde estaba? ¿Acaso le estaba evitando? Había mantenido las distancias durante todo el día para que pudiera hacer sus cosas con Jordana, pero no había podido sacársela de la cabeza. ¿Dónde estaba?

Justo cuando estaba a punto de ir a buscarla, sintió la carne de gallina en la nuca y así supo que ella había llegado. Se volvió y la vio en el umbral de una puerta secundaria que daba acceso a la casa desde el pasillo sur. El corazón se le paró un instante.

Llevaba un vestido azul de escote romano con los brazos al descubierto y un escote generoso. Tenía el pelo cuidadosamente alborotado. Tristan jamás había visto a una mujer tan divina y hermosa. El que estaba a su lado contuvo el aliento. Debía de estar pensando lo mismo.

–Esa es Lily Wild –dijo Hamish de repente.

Tristan carraspeó y esperó a que Lily le mirara. Pero ella no lo hizo. Se dirigió hacia un grupo de mujeres entre las que se encontraban una de las damas de honor y la madre de Oliver.

–Está comprometida –le dijo de pronto a Hamish, sorprendiéndose a sí mismo.

–¿Estás de broma? –dijo el escocés–. Jordana me dijo que era soltera. ¿Y quién es el afortunado? Vamos a por él.

Tristan le miró de arriba abajo y pensó que quizás podría con ese montón de músculos.

–Si me disculpas... Voy a saludar a unas personas.

Lily sonreía con amabilidad y contestaba a las preguntas que le hacían sobre su trabajo, sobre su país... Cuando había entrado en el salón, había sentido la presencia de Tristan, pero no había querido buscarle con la mirada. No quería verle. Tenía orgullo y no estaba dispuesta a terminar hecha un mar de lágrimas, igual que antes, en la ducha. Él tampoco la había buscado en todo el día... De pronto recordó que Jordana le había dicho que le iba a sentar con lady Amanda Sutton, una joven a la que había tenido oportunidad de conocer durante la comida. Era encantadora, tenía un título y estaba totalmente enamorada de él.

–¿Qué pasa, corazón?

–Nada –Lily le sonrió a la madre de Oliver, escondiéndose detrás de su copa de champán.

Dejó que la rabia la recorriera por dentro.

–Lady Grove, Sarah, Talia –la voz de Tristan resonó justo detrás de ella–. ¿Te importa si te robo a la dama de honor un momento?

–Claro que no –dijo lady Grove–. Seguro que tenéis detalles que ultimar para mañana.

–Claro que sí –Tristan sonrió–. ¿Lily?

Se volvió hacia él lentamente. Llevaba un esmoquin negro y se había cortado el pelo... Estaba guapísimo.

Él la agarró del brazo y se la llevó a un rincón. Lily esbozó su mejor sonrisa plástica y se soltó con sutileza. Se llevó la copa a los labios y miró a su alrededor, como si nada le importara en absoluto. Pero Tristan se le paró delante, impidiéndole mirar más allá.

–Si crees que te vas a sentar al lado de Hamish Blackstone, estás muy equivocada –masculló entre dientes.

Lily parpadeó, sorprendida. No tenía ni idea de qué le estaba hablando.

Tristan sabía que se había excedido un poco al hablarle con tanta vehemencia, pero no había podido evitarlo. Nada más ponerle los ojos encima se había dado cuenta de que estaba enfadada, y quería averiguar por qué. A lo mejor estaba molesta porque no le había llevado el té esa mañana, o porque no la había buscado durante todo el día...

–¿Disculpa? –le preguntó ella con frialdad y desdén.

–Ya me has oído.

No iba a echarse atrás. Ella tenía que saber que esa noche solo podía sentarse con él.

–Pero a lo mejor has sido tú el que no ha oído bien –le dijo ella, en tensión–. Ya no estoy bajo tu custodia. Eres libre de seguir con tu propia vida. Puedes sentarte con lady Sutton.

Tristan arrugó los párpados.

–¿Y qué tiene que ver Amanda con esto?

–Es tu invitada en la boda.

Tristan metió las manos en los bolsillos y se relajó un poco. Se le había olvidado que había accedido a sentarse con Amanda en el banquete. Ella estaba celosa.

–No es ninguna amenaza para ti. Solo es una amiga de la familia, y realmente no es mi invitada.

Lily soltó una carcajada.

–No me siento amenazada –apuntó la copa de champán hacia la luz y contempló las burbujas–. Pero dicen los rumores que quiere ser algo más que una buena amiga de la familia, y además tiene el linaje adecuado.

Tristan frunció el ceño. Como si el linaje de Amanda le importara...

–Olvídate de Amanda. Ella no tiene importancia.

–Seguro que a ella no le haría mucha gracia oírte decir eso.

La conversación no estaba saliendo tal y como la había planeado. Rechazó la copa de champán que le ofrecía un camarero que pasaba en ese momento y le dio la espalda a un conde italiano que había conocido en Harvard.

–Me gustaría darte las gracias por ayudarme con el caso.

–No fue nada.

–De todos modos, me gustaría pagarte por tus servicios...

–¡Pagarme! –exclamó Tristan–. No digas tonterías, Lily.

Ella no parecía muy contenta con la respuesta, pero no iba a permitir que le pagara por hacer algo que había hecho porque quería, algo que necesitaba hacer por ella.

–¿Esto es porque no te llevé el té esta mañana?

–¿Disculpa?

–No juegues más, Lily. Ya sabes de qué te estoy hablando.

Ella le fulminó con una mirada.

–¿O estás enfadada porque no te he buscado en todo el día?

–¿No me buscaste? No me había dado cuenta –ella sonrió, mirándole con esos ojos negros de kohl.

De repente Tristan sintió la necesidad imperiosa de averiguar cómo sabía su brillo de labios, de abrirle la boca con la lengua y entrar en ella. Por lo menos así se comunicarían más fácilmente...

–Mira, lo siento. Lo hubiera hecho, pero pensé que estabas... Maldita sea, ¿te he hecho una marca? –le preguntó, reparando de repente en un pequeño cardenal que tenía en el cuello.

–Eh... no –ella se llevó la mano de forma automática al sitio donde tenía el cardenal–. Me... arañé con el cepillo del pelo.

Tristan ni siquiera intentó esconder la sonrisa que se dibujaba en sus labios.

–¿Qué pasa? –murmuró él suavemente. Ya era hora de ir al grano.

Ella se encogió de hombros y miró a su alrededor, a los invitados.

–No pasa nada. ¿Qué podría pasar?

–No lo sé. Por eso te lo pregunto. Pero no pienso seguir con ello toda la noche.

Eso la hizo mirarle de nuevo.

–¿Es una amenaza?

Tristan no fue capaz de responder a su propia pregunta, así que decidió no insistir en el tema. Se mesó el cabello y cambió el apoyo al otro pie.

–Lily, anoche tuvimos un encuentro salvaje, apasionado, y ahora apenas puedes mirarme a la cara. ¿Qué sucede?

–No creo que este sea el lugar adecuado para esta conversación.

Tristan soltó el aliento bruscamente.

–No podría estar más de acuerdo.

La agarró del codo y se la llevó a través de la sala, sonriendo con cortesía cuando se topaba con un rostro familiar, pero sin detenerse.

Llegó a la puerta lateral y la hizo salir al pasillo privado de la familia. Ella no había protestado, pero él tampoco esperaba que lo hiciera. Lily cruzó los brazos sobre el pecho.

–¿Sueles hacer esto después de pasar la noche con una mujer?

–No me provoques, Lily.

–Ah... Ahí está tu frase favorita. No podía faltar.

A Tristan se le estaba acabando la paciencia. Y ella lo sabía.

—¿Qué... sucede?

—¿Que qué sucede? —repitió ella—. Te comportas como un imbécil. Eso es lo que pasa. Nos acostamos. ¿Qué es lo que quieres? ¿Referencias?

—No fue solo sexo —dijo él.

—Bueno, ¿entonces qué fue?

—Fue sexo del bueno —sonrió.

—Oh, bueno, discúlpame entonces. El sexo estuvo genial. ¿Qué más quieres? No es que haya sido nada especial, ¿no? Pensaba que estabas encantado de poder seguir con tu vida y...

Lily cerró la boca antes de decir nada más.

—¿Y qué? ¿Ahora quieres picotear un poco? ¿Quieres conseguir la atención de todos? ¿Quieres tener algo con uno de los primos de Oliver ahora que te he introducido en el medio?

Ella contuvo el aliento, perpleja, y Tristan supo que aquello había sido un golpe bajo nada más decirlo. Se merecía una bofetada en la cara. Cualquier cosa era mejor que soportar esa mirada de hiel y desprecio.

—Vuelvo dentro —ella echó a andar hacia la puerta, pero él la agarró.

—Lo siento. Eso ha sido una tontería —la miró fijamente, a los ojos.

Los ojos de Lily brillaban de dolor.

—Me oíste hablar con Jordana esta mañana, ¿no? —su tono resultó acusador, aunque no fuera esa su intención.

Ella levantó las cejas, cada vez más molesta.

—No iba a dejarte en evidencia sacando el tema.

—No me dejas en evidencia.

En realidad todavía estaba intentando recordar qué había dicho exactamente. Se había pasado el resto del día intentando borrar esa conversación.

—Se suponía que no tenías que oírlo.

Lily se encogió de hombros como si no tuviera importancia.

—Estoy segura de que no le dijiste nada a Jordana que no me hubieras dicho a mí si te lo hubiera preguntado.

Seguro que ella tenía razón, pero... ¿Acaso no había dicho que ella no era nada especial? ¿No había dicho algo sobre su título nobiliario? ¿Acaso no había insinuado que ella solo iba detrás de eso?

Tristan se apartó el pelo de la frente y sonrió.

—Sé que no vas detrás del título.

Ella le miró igual que se mira a una rata de alcantarilla.

—Vaya. ¡Qué alivio!

—Y después de lo de anoche, debes de saber ya que sí eres muy especial.

—¿Cómo soy especial?

¿Cómo era especial? ¿Qué clase de pregunta era esa? Tristan se tocó el cuello de la camisa... Ella levantó una mano.

—No te molestes en contestar. Creo que ya lo sé —su voz estaba llena de resentimiento.

—Anoche no te oí quejarte al respecto.

—Eso es porque no tenía ganas de quejarme.

—¿Entonces cuál es el problema? —le preguntó él con agresividad.

—No hay ningún problema. Lo pasamos bien y ahora se ha terminado.

—¿Así?

—¿Quieres unas flores? —le preguntó ella en un tono mordaz.

—Lily...

Ella levantó las manos.

—Tristan... No puedo hacer esto.

—¿Y si hacemos esto otro en su lugar? —le susurró, acorralándola contra una mesita del pasillo y agarrando un florero justo antes de que cayera al suelo.

Lo enderezó. Rodeó a Lily por la cintura e hizo lo que llevaba todo el día queriendo hacer. Se acercó a ella y le dio un beso. Ella se resistió durante una fracción de segundo, pero finalmente su boca se abrió. Él le metió la lengua dentro. Gimió y empezó a deslizar las manos por todo su cuerpo, arriba y abajo. Ella le agarró de los hombros y se apretó contra él, clavándole los pechos en el pectoral. Tristan deseó haberse quitado la chaqueta. Y la camisa.

—Mmm, qué rico ese brillo de labios —le dijo, chupándose los labios.

De repente, ella dejó escapar un grito repentino y le empujó bruscamente.

—Si vuelves a besarme sin mi consentimiento, te daré una bofetada que recordarás.

—Lo estabas deseando.

—No. Tú lo estabas deseando. Yo ya no. Y deja de poner esa cara de listillo. Eres un tipo muy guapo. Eso no es ningún misterio, pero en el fondo no tienes nada que a mí me interese.

Tristan se sintió como si una bomba acabara de estallar en su cabeza... El recuerdo de las palabras de su madre le arrastraba hacia abajo, pero logró zafarse y sofocó el dolor que amenazaba con partirle en dos. ¿Qué le ocurría? ¿Acaso estaba a punto de suplicar? ¿Para qué? ¿Para apuntarse otro tanto? Ni siquiera su padre había sido tan estúpido. Además, podía tener a todas las mujeres que quisiera. ¿Acaso ella no lo sabía? Esbozó su mejor sonrisa; esa que le convertía en un depredador nato. Había estado a punto de perder la cabeza por una mujer... ¿Y todo para qué? ¿Por un poco de sexo?

—Es bueno saberlo —murmuró en un tono impasible—. Porque, si no es en la cama, tú tampoco tienes nada que me interese, Lily Wild.

Lily levantó la barbilla, se limpió la boca con el dorso de la mano y echó a andar por el pasillo. Fue una buena jugada. Una muy buena. La hubiera aplaudido si no se hubiera ido tan rápidamente.

Tristan masculló un juramento. La odiaba. Cuánto la odiaba. Le hacía recordar a su madre y despertaba sus emociones... para dejarle en ridículo, para tenderle una trampa. Bajó la vista hacia el jarrón antiguo y estuvo a punto de arrojarlo contra el suelo con todas sus fuerzas. En realidad debía alegrarse de haberse librado de ella por fin. Al fin y al cabo no hacía más que meterle en problemas.

Capítulo 15

PROBLEMAS con mayúsculas... Tristan trató de tenerlo bien presente a la mañana siguiente, de pie junto a Oliver con su traje de mañana y el sombrero de pico, a la entrada de la catedral gótica. Estaba conversando con otro invitado, también vestido de gala. Hacía un día espléndido, pero el sol también había atraído a los paparazzi de medio mundo.

Y para colmo de males, Tristan no se sentía nada bien, sobre todo después del whisky que se había tomado la noche anterior, después de la peor cena de toda su vida. Tener que sentarse junto a Amanda Sutton y fingir una amabilidad que no sentía mientras veía cómo Lily le hacía ojitos a uno de los chicos Blackstone no le había puesto precisamente de muy buen humor.

–Sonríe, idiota –le dijo Oliver al oído–. Que me caso.

Tristan le lanzó una mirada seria y entonces le hizo una reverencia a una anciana viuda que le saludaba.

–¿Y por qué exactamente? –preguntó.

–¿Qué? –dijo Oliver y entonces le contestó a la hija de la viuda, que acababa de hacer un comentario sobre el buen tiempo que estaban teniendo–. ¿Es una pregunta con truco? –añadió, volviéndose hacia Tristan.

–Decías que nunca renunciarías a tu libertad por nadie.

–Pero eso fue antes de enamorarme de tu hermana.

–Podrías haberte ido a vivir con ella.

Oliver sacudió la cabeza.

–¿Y que alguien me la quite a la primera de cambio?

Ni hablar. Además, quiero que todo el mundo sepa que estamos juntos, que somos el uno del otro. Ella es mi alma gemela, y no puedo imaginar mi vida sin ella.

Tristan jugueteó con los anillos de boda que tenía en el bolsillo.

–Eso parece sacado de una tarjeta de San Valentín, pero, si no es así, podrías venderlo por unos cuantos pavos. ¡Carlo! –Tristan le estrechó la mano al conde italiano con el que se había quedado bebiendo la noche anterior. Me alegra ver que has llegado a tiempo para la ceremonia.

–Anoche no me avisaste de que ese whisky tenía alcohol, Garrett.

–Cien años de alcohol.

–Ese es el último de los invitados –la organizadora de la boda se detuvo delante de ellos y miró al conde de arriba abajo, con desprecio–. Bueno –les habló a Tristan y a Oliver–. Ya pueden ir hacia el altar si quieren.

Oliver fue el primero. Tristan le seguía con paso tranquilo. Cuando por fin llegaron al frente de la iglesia, Oliver le arregló la corbata a su amigo.

–Déjame la corbata.

–Podrías decírselo y terminar con todo esto de una vez –dijo Oliver, sonriendo.

Tristan frunció el ceño.

–¿Decirle a quién el qué?

En ese momento comenzó a tocar la arpista.

–Deja de ser un cobarde, Garrett. Es evidente que estás enamorado de ella. Díselo.

Tristan tragó con dificultad.

–¿Se supone que tengo que saber de quién estás hablando?

Oliver le lanzó una mirada agria.

–Desafortunadamente, no vas a conseguir que desaparezca ignorándolo o negándolo. Créeme. Yo lo intenté.

Tristan volvió a hacer un gesto ceñudo.

–Bueno, cállate ya y haz lo que tienes que hacer, ¿quieres? –le dijo Oliver, perdiendo la paciencia–. Y por favor, sonríe, si no quieres que tu hermana nos obligue a repetirlo todo de nuevo.

El rostro de Oliver se iluminó cuando se dio la vuelta hacia Jordana, que avanzaba por el altar con su traje de novia. Cuando Tristan se volvió, su mirada fue directamente hacia Lily, que caminaba detrás de su hermana con un vestido de seda vaporoso de color café.

Sublime... Nada ni nadie se podía comparar a ella. Era tan refinada, tan delicada, tan vibrante...

De repente lo supo. Oliver tenía razón. La amaba. A lo mejor siempre la había amado. Las palabras encajaron en su cabeza como la pieza final de un puzle. En realidad era la penúltima pieza... La pieza final era saber lo que ella sentía.

Pero Lily evitaba su mirada...

Lily miró a su alrededor. Estaban en el gran salón de fiestas del caserón que Jordana había escogido para el banquete. Las mesas eran circulares, con un arreglo floral en el centro y sillas forradas en blanco con un lazo detrás.

–Quiero darle las gracias por ser una buena amiga para mi hija, señorita Wild –el duque de Greyhorn se detuvo junto a su silla, sorprendiéndola.

–En realidad, soy yo quien se siente muy agradecida de tener a Jordana como amiga –Lily sonrió. La calidez del duque le resultaba de lo más inesperada. En el pasado nunca había sido santo de su devoción.

–Tristan me ha contado todo lo que has hecho por Jordana a lo largo de los años, y sé que, si tus padres estuvieran vivos, todavía estarían muy orgullosos de la persona en la que te has convertido.

Lily sintió el picor de las lágrimas en los ojos. El duque le dio una palmadita en la mano y le dijo que disfrutara de la velada antes de volver a su silla. La joven le siguió con la vista, asombrada.

—Señoras y señores... —el maestro de ceremonias habló mientras los miembros de la banda afinaban sus instrumentos, llamando la atención del duque—. Quisiera pedirles al conde y a la condesa Blackstone, y a lord Tristan Garrett y a la señorita Lily Wild que se dirijan hacia la pista para bailar el vals nupcial.

¿El vals nupcial? ¿Ya era la hora?

Lily miró a su alrededor y vio que Tristan había dejado de conversar con los invitados de su mesa. Estaba mirándola fijamente.

Ni hablar. No podía bailar con él. Sonrió con serenidad y trató de abrirse camino entre los invitados que se agolpaban a su alrededor, rumbo a los aseos. Había conseguido mantenerse lejos de él todo el día y no había forma de que pudiera bailar con él esa noche sin delatarse a sí misma. La banda empezó a tocar un clásico romántico y Lily apuró el paso. Un segundo después, había aterrizado en los brazos de Tristan.

—¿Vas a alguna parte? —le preguntó él en un tono burlón.

—Al aseo —le dijo, intentando calmar su acelerado corazón.

—¿Durante el baile nupcial? Ni hablar.

—Ya no puedes decirme lo que tengo que hacer, ¿recuerdas?

—No, pero esta es tu última obligación del día, y nunca pensé que fueras de las que se escabullían en el último momento.

Lily soltó el aliento y fue consciente entonces de las miradas indiscretas a su alrededor.

—Lo haré porque es lo que se espera —susurró con un hilo de voz—. No porque me hayas desafiado.

Tristan sonrió.

–Esa es mi chica.

Lily quiso decirle que se equivocaba, pero antes de poder reaccionar ya estaba en la pista, bailando en brazos de Tristan.

Estaba tan tensa que se sentía como una muñeca mecanizada, pero no podía hacer nada al respecto. No podía relajarse, no podía mirarle a los ojos. De repente recordó un viejo truco infantil que solía usar cuando estaba en una situación difícil. Se trataba de contar... Una vez había llegado a contar hasta setecientos treinta y cinco.

–Estás impresionante –le dijo Tristan, mirándola a los ojos.

Lily miró más allá de su hombro rápidamente. Uno, dos, tres...

–Pero la verdad es que siempre estás impresionante.

Nueve, diez...

La hizo girar bruscamente. Tuvo que agarrarse con más fuerza para no perder el equilibrio. Esa noche llevaba una nueva colonia... Diecinueve, veinte...

–¿Qué tal Hamish?

Le miró. Sabía muy bien por qué se lo estaba preguntando. La noche anterior Jordana le había confesado entre risitas que la iba a sentar al lado de uno de los primos solteros de Oliver.

–Muy bien.

Tristan frunció el ceño y se llevó su mano al pecho, apretándosela, en tensión. Con la otra mano la sujetaba de la cintura. La tenía tan agarrada y tan cerca, que Lily podía oír cómo se rozaba su falda de tul contra el pantalón de él.

La joven tragó con dificultad y se concentró en contener el estremecimiento que le corría por la espalda. De pronto había olvidado por qué número iba... Uno, dos...

–¿Estás contando? –la voz de Tristan sonó del todo incrédula.

–¿Por qué no dejas de hablar? –le susurró ella en un tono irritado, tratando de ignorar la tensión creciente.

Él dejó de bailar de repente y Lily tomó conciencia del murmullo de voces al tiempo de Jordana comenzaba a bailar al ritmo de la música. Los invitados rodeaban la pista de baile, admirando a los novios mientras bailaban.

–Oh, al diablo –dijo él de repente, atrayéndola hacia sí y tomándola en brazos–. Disculpadnos, por favor –les dijo a Jordana y a Oliver justo cuando pasaban por su lado.

–Pero ¿qué haces? –le dijo Lily, intentando sonreír como si nada raro estuviera ocurriendo.

–Quédate quieta –le ordenó él.

Lily, que no quería hacer una escena en mitad del baile, agachó la cabeza contra su cuello, al igual que había hecho una semana antes en el aeropuerto, escondiéndose de las miradas curiosas de los invitados, que le abrían paso a Tristan.

–¡Oh, no quiero ni imaginarme lo que debe de estar pensando la gente! –mirando al camarero sonriente que les había abierto la puerta que daba acceso a un comedor privado.

En cuanto el camarero cerró la puerta detrás de ellos, Lily fulminó a Tristan con la mirada. Su corazón latía locamente... En cuanto él la dejó en el suelo, caminó hacia el extremo opuesto de la estancia y se paró detrás de una enorme mesa de comer de dos metros de largo. Tenía que poner algo de distancia.

Tristan se quedó de pie. Metió las manos en los bolsillos y se limitó a mirarla fijamente.

–Supongo que pensarán que estoy enamorado. O eso o... –se detuvo para ver cómo reaccionaba ella–. O pensarán que he perdido el juicio.

–Bueno, los dos sabemos que lo primero no es verdad. No juegues conmigo, Tristan. No me gustan esa clase de juegos.

Tristan soltó el aliento.

–Lily, tengo que hablar contigo y parece que esta es la única forma de hacerlo –rodeó la mesa y fue hacia ella.

Al ver que ella se movía también, se detuvo.

–Deja de huir, por favor. No voy a comerte.

Lily le miró fijamente. Estaba tan guapo con el pelo alborotado y ese traje tan elegante. El corazón se le encogía con solo mirarle.

–Estoy cansada de que pienses que puedes tomarme en brazos cuando quieras y llevarme adonde te dé la gana. La próxima vez, no me va a importar hacer una escena –le advirtió.

–¿Hubieras venido si te lo hubiera pedido?

Su voz era suave, aterciopelada. La confundía sobremanera. Levantó la barbilla y trató de controlar el temblor que tenía en los labios. No hubiera ido con él. Eso era evidente. No tenía nada que decirle que no implicara hacer el ridículo.

–Di lo que tengas que decir para que podamos irnos de una vez. No tengo mucho tiempo.

–¿Tiempo para qué?

Lily decidió que ese no era el mejor momento para decirle que volvía a Nueva York esa misma tarde, a toda prisa.

–¿No vas a contestar a mi pregunta? –le preguntó él, casi con demasiada cortesía.

–¿Y tú no vas a contestar a la mía?

Tristan soltó el aliento y se pasó una mano por el pelo. Parecía cansado, exhausto, nada que ver con esa persona calmada e impávida que solía ser.

–Lily, esto no tiene por qué terminar.

Lily se le quedó mirando, sin saber muy bien a qué se refería.

–No tenemos por qué terminar lo nuestro –añadió. De repente tenía una mirada seria, triste.

Ella se humedeció los labios. Lo único en lo que podía pensar era en lo que había dicho la noche anterior; que realmente no la quería, que solo había sido un capricho, un pasatiempo...

–Anoche dijiste que...

–Por favor, olvida lo que dije anoche... Estaba furioso y herido.

–¿Herido?

Tristan se agarró del respaldo de la silla que tenía delante. La conversación no estaba saliendo como él había esperado. Lily debería haberse dado por aludida ante su declaración de amor, debería haberse arrojado a sus brazos...

Se aclaró la garganta. Estaba más nervioso que la primera vez que se había presentado en un tribunal. En realidad, esa vez no se había puesto nada nervioso.

–Lily, quiero decirte algo, y si después de eso, todavía quieres irte, no trataré de impedírtelo.

Rodeó la mesa y sacó una de las sillas de debajo de la mesa. La invitó a sentarse.

Ella se sentó suavemente, casi aliviada. Tristan dio unos pasos adelante y entonces se detuvo. Se volvió hacia ella.

–Te dije que mi madre había dejado a mi padre, pero lo que no te dije es que el día que se fue, cuando yo tenía quince años, los oí discutir. Durante la pelea, mi madre le dijo a mi padre que le odiaba, que no tenía nada que ella quisiera, que yo tampoco significaba nada para ella, y que se iba a llevar a Jordana, no a mí.

–Oh, Tristan.

Él levantó una mano.

–No te cuento esto para darte pena. Esto me cambió

mucho la vida, de la misma forma en que tus padres han influido en la persona que eres ahora, pero necesito que entiendas algo. Mi madre no era una persona fácil de querer, pero yo lo intenté con todas mis fuerzas. Había una gran diferencia de edad entre Jordana y yo y durante una época yo fui el salvador de mi madre. Su pequeño héroe. Pero entonces llegó Jordana, mi padre empezó a trabajar más, y yo me vi relegado a un plano secundario. Nunca entendí por qué, y poco a poco, a lo largo de los años, aprendí a protegerme anulando mis sentimientos por completo. Me enfadaba mucho con mi madre y me culpaba a mí mismo por todo. Hace dos noches, sin darte cuenta, tú me ayudaste a ver la verdad... Mis padres no eran felices juntos y yo fui una de las víctimas de ese matrimonio fallido.

–Los padres a veces no se dan cuenta de lo mucho que pueden influir en sus hijos.

–No –Tristan sacudió la cabeza–. No se dan cuenta. Y por eso nunca he querido poner en riesgo mi corazón con otra persona, pero... –bajó la vista y miró la mano de Lily, pequeña y delicada dentro de la suya propia. Ni siquiera sabía en qué momento se la había tomado–. Lily, la otra noche te acusé de usar tu pasado como escudo y me acabo de dar cuenta de que yo hago lo mismo. He levantado enormes barreras para proteger mis emociones durante toda mi vida, porque el amor de mi madre era totalmente impredecible y la relación entre mis padres era del todo inestable... Pero ya no quiero hacerlo más. Bueno, en realidad eso no es del todo cierto –levantó la vista. Tenía una mirada casi temerosa–. Si todavía pudiera hacerlo, probablemente seguiría igual. Pero, si sigo haciéndolo, te pierdo, y cuando te marchaste la otra noche, me di cuenta de que eso es lo que más me duele de todo.

Lily tragó con dificultad y miró sus manos entrelazadas.

–¿Por qué?

Tristan se inclinó adelante y la besó. Fue un beso lleno de amor, ternura... Todas esas cosas que había tenido miedo de mostrarle durante tanto tiempo. Retrocedió y esperó a que ella abriera los ojos.

–Porque te quiero, Lily. Creo que siempre te he querido.

Lily sacudió la cabeza.

–¿Me quieres?

–Con todo mi corazón. Y cuando más lo digo, más quiero decirlo.

–Pero nunca me has tenido en muy buena estima...

–Eso es cierto. No me gustaba tu forma de vida porque siempre tuve miedo de que Jordana siguiera los pasos de mi madre, pero lo que realmente me molestaba de ti era que no podía evitar querer protegerte. Cada vez que oía que estabas en una de las fiestas de tu padrastro, y estaba en el país, siempre iba y te sacaba. Una vez incluso fui a buscarte aunque Jordana no estuviera contigo. ¿Lo recuerdas?

–Pensaba que habías dado por hecho que estaba conmigo.

–No. Sabía que estaba en casa. Y ahí es donde quería que tú estuvieras también. Mis sentimientos por ti no cambiaron hasta la fiesta de cumpleaños de Jo. En cuanto te vi con ese minivestido color plata, supe que no podía negar lo que sentía por ti. Esa noche te deseaba tanto que me dolía. Pero tú eras muy joven, y yo estaba demasiado ciego, cerrado a mis propias emociones. Y después, cuando te encontré en esa fiesta privada, fue demasiado fácil echarte la culpa. Así tuve una excusa para darle la espalda a lo que sentía por ti. Pero esa noche me cambiaste. Desde entonces no he sido capaz de mirar a otra mujer, de estar con otra mujer... sin imaginar que eras tú. Una locura... Lo sé.

–No es una locura –Lily le sujetó las mejillas con las

manos–. Yo me sentí tan enamorada de ti esa noche que... Nunca he dejado de comparar contigo a todos los hombres que han pasado por mi vida.

–Lily, ¿eso significa lo que creo que significa?

Lily sonrió y parpadeó para disipar las lágrimas que le nublaban la visión.

–¿Que te quiero? Totalmente, completamente. ¿Cómo no te habías dado cuenta?

Tristan sintió un arrebato de alegría. Casi creyó que iba a estallar por dentro de pura euforia.

Hizo levantarse a Lily y le dio un beso desesperado.

–¿Qué pasa?

Le preguntó al ver que ella seguía mordiéndose el labio.

–Estaba recordando lo que pasó ayer por la mañana, cuando saliste del cuarto de baño. Parecías... parecías tan infeliz. Y entonces le dijiste a Jordana que...

–Oh, Lily –Tristan dejó escapar un gemido–. Por favor, olvídalo. Esa mañana me desperté tan feliz que me asusté muchísimo. Sinceramente, solo quería huir de ti. Nunca antes me había despertado con una mujer y...

–¿Nunca?

–Nunca. Y entonces Jordana me acorraló y adivinó lo que yo sentía antes de que yo mismo me hubiera dado cuenta. Eso me hizo querer negarlo aún más. No quería dejarte entrar, Lily, pero tú ya estabas ahí. Era una batalla perdida. Cuando Oliver me dijo lo que sentía por Jordana y me explicó los motivos por los que iba a casarse con ella, me di cuenta de que sentía lo mismo por ti. Y no quería luchar contra ello, no quería luchar más contra ti. Haría cualquier cosa por ti, Lily, y cuando nos casemos...

–¡Casarnos!

–Claro. ¿Adónde creías que iba a parar toda esta conversación, cielo? ¿Creías que íbamos a ir de picnic al parque?

–No... No había pensado tan a largo plazo. Todavía estoy asimilando eso de que me quieres.

–Sé que ninguno de los dos ha tenido un buen ejemplo familiar en ese sentido, pero...

–Bueno, mi padre nunca le pidió a mi madre que se casara con él...

Tristan asintió y le sujetó las mejillas con las manos.

–No soy tu padre, Lily. Nunca te engañaré ni te abandonaré. Y no creo que un matrimonio tenga que ser necesariamente una fuente de conflictos. Si las dos partes se entregan por igual y están dispuestos a trabajar juntos para ser felices, todo puede salir bien.

Lily sonrió con timidez.

–¿De verdad que me quieres?

–¿No te lo acabo de decir?

–Es que me parece un sueño.

–Pues no lo es. Por lo menos espero que no lo sea.

Lily suspiró y Tristan la estrechó entre sus brazos.

De repente ella recordó algo. Se apartó y le miró a los ojos.

–Ya sabes que no sabía nada de ese plan de Jordana para sentarme al lado de los primos de Oliver, ¿verdad?

Tristan sonrió.

–Lo sé. Me di cuenta en algún momento entre la primera y la segunda botella de whisky que me tomé anoche.

–Oh –Lily se rio.

–No tiene gracia –le dijo él, sonriendo–. Fue por ti que me las tomé. Pero me da la sensación de que mi hermana nos ha estado haciendo de casamentera.

–Yo también lo he sospechado.

–Y ha funcionado. Anoche tuve ganas de encerrarte en una torre cuando me dijo que le habías dicho que solo te estabas soltando un poco conmigo.

–Sí que lo dije.

–¿Qué?

–No quería que supiera lo enamorada que estaba de ti y, después de oír lo que sentías por mí... Yo... Yo tengo mi orgullo también.

–Ya lo sé.

–Y, además, aquí no hay ninguna torre.

–Pero la habría hecho construir para eso nada más –le dijo él; sus manos le exploraban el corpiño del vestido con fervor.

–Te quiero –Lily suspiró.

–Nunca pensé que esas dos palabras pudieran sonar tan deliciosas.

–Oh, acabo de acordarme. Se supone que vuelo de Nueva York esta noche. Tendré que cancelar el vuelo.

–Muy bien. Pero ¿cuándo tienes que regresar por el trabajo?

–No tengo más proyectos hasta el año que viene. Tenía pensado tomarme unas vacaciones.

–Perfecto.

–Aunque...

–¿Aunque...?

–Estoy pensando en aceptar el papel de mi madre en esa obra.

Tristan le dio un beso.

–Creo que es una buena idea. Lo vas a hacer genial, como todo lo que haces. Bueno, ¿nos vamos arriba?

–¿Arriba?

–Tengo preparada una habitación.

–Pero Hillesden Abbey está a poco más de tres kilómetros.

–Pero eso es demasiado lejos. Quiero hacerte el amor con todo mi esmero, sin prisa, pero sin pausa.

–Hasta ahora no lo has hecho nada mal –le susurró ella, acariciándole el pelo de la nuca.

–Y tú tampoco, Honey Blossom.

Él se inclinó para besarla, pero Lily le esquivó.

—Primero tenemos que cumplir con nuestras obligaciones en la boda de tu hermana.

—No creo que nadie nos espere ya después de vernos
salir así. Créeme.

—Pero tengo que atrapar el ramo —dijo Lily al tiempo
que Tristan la tomaba en brazos y se dirigía hacia la
puerta.

—¿Para qué necesitas un ramo si tienes aquí al novio?

—Eso no se me había ocurrido —admitió ella en un
tono provocador—. Qué bueno que estás aquí.

Tristan se detuvo y la agarró de la barbilla con el
pulgar y el índice.

—Siempre estaré ahí —le dijo, capturando sus labios
con un beso dulce y ardiente.

—Y yo también.

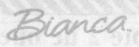

Bianca

Luces… cámara… ¡cama!

Desde su último coche deportivo hasta la última rubia con la que había salido, las habladurías rodeaban al famoso actor y director hollywoodiense Jaxon Wilder. Fuentes desconocidas estaban especulando de manera escandalosa sobre una desconocida belleza a la que Jaxon estaba decidido a conocer… ¡íntimamente! Pero Stazy no se parecía en nada a las habituales conquistas de Jaxon… Y, a pesar de la indignación de este, ¡iban a tener que trabajar juntos en su nuevo proyecto!

Jaxon accedió a trabajar con Stazy… consciente de que, por mucho que ella intentara resistirse, finalmente no podría evitar caer rendida a sus pies…

Pasiones de cine

Carole Mortimer

Acepte 2 de nuestras mejores novelas de amor GRATIS

¡Y reciba un regalo sorpresa!

Irresistible tentación

BRENDA JACKSON

El experto en seguridad, millonario y ranchero Zeke Travers tenía como máxima en la vida separar el trabajo de los sentimientos... hasta que en uno de los casos que estaba investigando coincidió con Sheila Hopkins e inmediatamente saltaron chispas entre ambos.

Primero se vieron obligados a trabajar juntos, pero poco a poco esa obligación se convirtió en placer. Sheila encontraba en él un gran apoyo y llegó un momento en el que Zeke se sintió tentado a romper sus propias reglas. Solo era cuestión de tiempo que se rindiese...

Rico, poderoso y enamorado

¡YA EN TU PUNTO DE VENTA!